人生は観覧車のように

コミュニケーションクリエイターの生き方１２３

今尾　昌子

太陽出版

はじめに……一度しかない人生を宝物に

三十四歳の元旦。当時、会社勤めをしていた私は、三十五歳の誕生日が来るまでにこれまでとまるで違う生き方を始めよう、と決意しました。これからますます変わりゆく世の中で

オンナ三十五歳にして、このままで良いのか？　一度しかない人生を後悔しないか？

三十五歳ならば、もし失敗してもやり直せるし…と当時の私はいろいろ思ったようです。

そしてその新たなスタートに向け、旅先のパリで出会った移動式観覧車《かんらんしゃ》のおかげで、瞬時にわが人生の新しいコンセプト（概念）が生まれました。

それは「心の観覧車を創る」というものです。私ごとですが、子どもの頃は音楽漬《づ》けの日々を過ごし、美しい音色《ねいろ》は人々を幸せにするということを、そして社会人になってからは文字やデザイン、コトバなどを紡《つむ》ぐコミュニケーション活動は人々を幸せにするということを学んでいったようです。そして、これらの豊かなコミュニケーションこそがこれからの社会を善くするに違いないと思いました。私は幸せなコミュニケーションの形を観覧車になぞらえ、関わる全ての人たちが真に豊かでやさしく、元気で幸せに生きられるお手伝いをしよう、換言《かんげん》すれば「心の観覧車を創る人を目指そう」と決めました。

観覧車は大きな輪。社会を幸せに育《はぐく》むコミュニケーションの象徴であると考えます。

そこに乗るそれぞれが結ばれ、互いに助け合いながら、止まることなく動き続けます。そしてゆっくりと動き続け、上へ下へと巡《めぐ》りながらいろんな角度から社会を見ることもできる、まさに春夏秋冬を生きる人生のシンボルでもあります。

この考え方をもって心の観覧車を創る黒子は、「コミュニケーションクリエイター」という唯一の職業で十二年間、国や地方、業界・業種を越え、多くの皆様に出会いをいただきなが

ら我流の生き方を実践させていただきました。

そこで学んだことは、人生は待っていては何もない。自分から仕掛けること、自分から動き出すこと、人生は一度きり、最後に笑って最期を迎えることができるように、毎日を生きていくことが幸せな生き方ということです。

昨年の元旦から、「より良い人生を生きたい」という思いから、わがブログでコミュニケーションクリエイターとしての思い・考えを毎日発信することにし、それを今も続けています。そのブログをまとめて読まれたザ・ブックの山下社長から、「これを本に」と背中を押していただき、今回の出版が実現しました。

「いつか本を出さずにはいられないと思える日が来るから焦《あせ》るな」というコトバを遺《のこ》して逝《ゆ》かれた作家の野村正樹さんにも背中を押していただいたと感謝しています。

独立当初から書いていた不定期発行のわがエッセイ「ふれあい通信」（100号でブログへ移行）も今から思えば今回の出版の礎《いしずえ》になっていたのだと、その頃から「早く本になるといいね」と応援してくださった会社員時代の上司、大井弘三さんのコトバを思い出します。

この一冊にはどんな時代になろうとも、真に豊かに生きるとは、ホンモノのコミュニケーションとは…について、ふと立ち止まり考え、また心新たに自分らしく生きるヒントを集めてみました。それぞれの解釈でご活用いただければ幸いです。

出版に際し、ご協力、応援いただいたすべての皆様に心より深く御礼申し上げます。

何が起きても、前を向いて元気に。それぞれの個性が光る素敵な社会を願って…。

コミュニケーションクリエイター　今尾昌子

春を終えるプラハにて

（本書は２０１０年１月１日から執筆中のグラン・ルーのブログから書籍用に再編集したものです）

人生は観覧車のように◉目次

「心の観覧車」になることを決意したパリの移動式大観覧車
(La Grande Roue　著者撮影)

1

パワフル・ビューティを目指す

「あなたってパワフルね〜」といわれたら、女性の場合はどうだろう。女性へのかつての褒《ほ》め言葉は、「やさしい」「かわいい」「器量がいい」とか…。しかし、最近はどう見ても男性よりもパワーみなぎる女性が増えているから、そういわれても違和感はないだろう。

しかししかし、女性なんだから、単に「パワフル」ではなく、それを超えた価値をもちたい。

そこで、「パワフル・ビューティ」を提案したい。「強くてカッコイイ女性は美しい」と訳してみる。それは、決して、力づくで相手を負かしたり、見た目の美しさで勝負するということではない。なりたい自分をしっかりもちながら、それに向かって、周囲にも気を配《くば》りながら、目標に向かって前進する生き方。言い換えれば、しなやかで、たおやかで…まっすぐなオンナというイメージになろうか。それはとても良い感じ。よし、それを目指して生きよう！

2

「目を見ない」コミュニケーション

最近、「つぶやき」がコミュニケーションツールになっている。そこでその意味を改めて考える。「ぶつぶつと小声でいう」「くどくどとひとりごとをいう」のが本来の意味。非対象の行為であり、思わず口から出た本音《ほんね》というところか。それに対し最近注目のツールでは不特定多数の相手が反応する。有名人であれば何千人もの人が即時それに反応する。このツールでは常に相手側の反応を期待し、意図して発信するわけだから、本来の「つぶやき」とは異なる。これはビジネスの世界では時として有効。職業によってはもっともコンパクトに多数の相手に働きかけ、確認、共感できるコミュニケーションツールとしての意味は大いにある。

しかし、やはり本来の「呟《つぶや》き」とは異なるもの。呟きに似た言葉に「ささやき」がある。これは「ひそひそ話をする」もの。その昔『甘い囁《ささや》き』という映画があったが、色っぽい響きがあり、それが「ささやいてみました〜」といわれてしまうと、ちょっと興ざめである。無意識に出る言葉はそのままそっと拾い上げてしまっておく、というのもコミュニケーションの美学のような感じがする。最近は「相手の目を見ない」コミュニケーションが広がっている。「目は口ほどにモノを言う」といわれたが、目を見ないで真意を伝えることの難しさは、どんなにツールが進化しても不変である。だから「真につながること」は容易ではない。

多くつながりたいか、深くつながりたいか。ここが大切である。

3

時間が「心の氷」を溶かす

がむしゃらに生きていると、また相手との距離が近くなりすぎた場合、相手と真正面からぶつかってしまい、あとに引けなかったり、なんとなく許せなくて…しばらく音信不通になってしまうことはないだろうか。しかし、そんな気まずい間柄になってしまった相手ほど、時間が経《た》てば「元気だろうか」「どうしているだろうか?」とその安否《あんぴ》が気になったり、もしこのまま一生過ぎ去ってしまったら後悔するかもと思い、勇気をもって久しぶりにコンタクトをとらねばと思えてくる。去り際が気持ち良くなかったり、こちらから「NO!」という態度をとった場合、再会時はお互いぎこちなかったりするが、それでも話し始めると、誤解が解《と》けたり、そのときの問題が今となればどうでも良かったことであることに気づく。

時間は「氷」になってしまった人の心を溶《と》かしてくれる存在である。だから、もし日頃うまくいかない関係があってもそこで無理をせず、間や距離を置くようにするのも手である。本当に必要な人間であったり、気になる相手であれば、いつか再会したくなるし、またそこから新たに始めることもできる。相手に対して腹がたつのは、自分が望むどおりで在ってほしいという「わがまま」のせいである。時間は偉大であると心から思う。時間を経《へ》るごとに、寛容《かんよう》な心が育つ。時間を経なくてもそうであれば、もっと素晴らしい!

4

「おまけ」の美学

商品を注文したりすると代引き手数料金を無料にしていただいたり、注文した商品以外に予期せぬものが一品ついていきて、「よかったら味見してください」「新商品なので、あとで感想教えてください」「ほんの気持ちです」と書かれていると、その日一日がとても幸せな気持ちになってしまう。自分から手紙や資料を誰かに送付したりするときにも、「よかったら、差し入れです」「おすそ分けです」とついつい何かを付けたくなる習慣がある。「販促」という「SALES PROMOTION」を直訳した生っぽい言葉と違い、「おまけ」にはなんともほんわかした響きがある。昔ながらの商店での量《はか》り売りで「ちょっと多めにしておくね」「はい、1個はおまけだよ」なんだかサザエさんに出てくるお店の主人を思い出すが、そこに機械化されていない人情味あふれる「商いの原点」を見ることができる。

子どもの頃「グリコのおまけ」はとてもうれしかった。大人のクールな目で見れば、おまけも商品のうちなのかもしれないが、「おまけ」という言葉には貨幣交換の価値を越えた幸福感があり、また買いたくなる不思議な力がある。ちなみに「おまけ」とは「御負け」と書くそうだ。貴方に負ける、お客様に負ける、お客様を勝たせる・立たす、お客様のために負けてあげる…。「おまけ」とは具体的なモノではなく「感謝のお返し行為」を表わす、日本的サービス精神が進化したもの。このおかげで「気がつけばリピーター」になるということも少なくない。

5

FORGIVE & FORGET

あれはバンコクでのこと。雰囲気ある夜のBARで現地の友人との久しぶりの会話。「人生は『GIVE&TAKE』じゃなく『GIVE&GIVE』だと思う」と話したら、「ある女性が、男と女の関係においては、『FORGIVE&FORGET』といってたよ」と応える友人。お互い、瞬間目を合わせて「OH! I SEE」「その女性はすごいね。すべての経験をし尽くした、悟りを開いた人だね」と共感、感嘆。確かに、ゆるすことと忘れることは男女間にはもっとも大切なこと。

その単語をじっと見るとFORGIVEは許すことが相手に愛を与えるという意味をもっているのかな、FORGETは自分のためにも忘れること…という意味をもっているのかな…といろいろオンナ心の奥底が見えてきたりする。

いずれにしても、愛とは寛容かつ凡庸《ぼんよう》でなければ続かないということか。打算的な男女関係もあるかもしれない世の中に、久しぶりに聞いた名言であった。自分もこれらを心がけ実践したいと思う。それができると、「真の大人のオンナ」になれるのかも。

6

あったかい「手の紙」

これほどネットが普及しても、そこに伝えきれない気持ちや温《ぬく》もりを届けてくれる一通の手紙、一枚のハガキ。宛て先が印字されていない手書きの郵便物を郵便受に見つけると、贈り物が届いたようなとてもうれしい気持ちになる。この字は誰だろう？　と思いながら、封筒の裏を見る。筆跡はその人自身を現わしている。会食時の写真を送ってくださったり、貴重な資料を参考にと同封いただいたり、何かのお礼の一枚であったり、とにかく手書きのお便りはすべて「私だけのため」のものである。とある方が「メールのやりとりだけじゃ、なんだか味気ないので、手紙を出しておきましたよ」といわれる。確かにそうかもしれない。

手軽で便利、カンタンなものだけが万能というわけでもない。ツールにはそれぞれの特徴がある。メールだけを使う相手とつきあっていると手紙に接する機会が減るが、メールを使われない方との交流もあると、手紙やファックスをということになるので実は脳にも手先にもとても良いのかもしれない。

手紙は「手の紙」。「書く」とキーボードを「たたく」とは違う緊張がある。姿勢を正して書かねばならない。きれいに書こうと思えば、丁寧《ていねい》に書けば、書かれた字そのものがそのようなカタチになる。心が現われるのだ。改まった、相手に向けた思いが伝わるのがいい。だから毎日郵便受を見るのが好きである。

7

「キル」な生き方

浅草公会堂での着物コンテストの一部を視察。それはそれはあでやかな着物姿の若き女性が何百人と集《つど》い、女王の座を目指してステージに並び、自分のきもの美人ぶりをアピールする。着物姿と一言にいっても着物・小物類、ヘア、メイクのトータルコーディネイトは実にバリエーション豊かである。その素敵な個性を最高に見せるには、姿勢や歩き方をはじめとしたあらゆる所作がポイントとなる。

そこではモデルに「なりきった」者が勝つ。おどおどしたり、ぎこちなかったり、はしゃぎすぎたり…は素人《しろうと》のやること。自信をもって堂々としなやかに行動できるかどうかでその美しさに大きく差が付く。「なりきる」ことはプロへの道。女優でも歌手でも講演者でも、人前で表現をする仕事には「なりキル」ことができることが前提となる。

そして、最近よく耳にする言葉。「それは、わりきったほうがいいんじゃないの?」あまりこだわりすぎず、あれはあれ、これはこれと「わりキル」と生きるのが楽らしい。

さらに「やりキル」という言葉も良い。どんなことも手を抜かず、最後の最後までベストを尽くすこと。もうこれ以上やれないというぐらいやっておくと自分が納得できる。

「今日、ちゃんとやりきったかな?」と自問したときにうなずける自分であるのが理想。なんとかこの人生、「生きキリ」たいものだ。

8

「変化」をもたらす喜び

仕事柄、研修やセミナー、勉強会をさせていただくことも多い。あるビジネスマッチングのプレゼン直前勉強会を行ない、そして本番。どんな風に自分のアドバイスが活《い》かされているだろう。どきどきしながら会場へ。研修から一週間。忙しい業務の合間を縫《ぬ》って、各社とも資料も発表内容も見直され、人によってはアドバイスどおりにまるごと作り変えて本番に望まれた様子。

「○○さん、凄《すご》いです。やり直したんですね。」「はい！　ちょっとがんばってみました」とさわやかで自信に満ちた笑顔。リハーサル時とまるで違う堂々とした話しぶり、なめらかなストーリー展開…。研修成果が出ている模様だ。研修に参加された企業さんが他の受講者のプレゼンを見聞きして「○○さん、別人のように変わってますよね」「あの短い時間でやり直したんですね。凄いわ！」と刺激を受けている様子。

自分の仕事はモノを創っているわけでもなく、目に見えない仕事。人が変わらなければ、相手が何か行動しなければ、その成果は見えない。「変化が目に見えた」という点でとても幸せで、また受講者の方から「おかげさまで今回は成功しました！」と感謝されることも本当にうれしいもの。貴重な時間や労力を使っていただく以上は、ご本人にやって良かったと思っていただくことがもっとも重要である。

仕事をしていて「感謝し合える」ことは最良の喜びである。

9

ゆとりを生む移動のすすめ

西へ向かう新幹線の移動は「のぞみ」と決めていたのに、最近はちょっと違う。時間がとれる限り「こだま」に乗って、その中での滞在時間を有意義に過ごすことにしている。短く乗って一分でも早く着きたいときと、一時間早起きしてもゆっくり車内で過ごしたいときとを使い分ける。新幹線が開通した四十年前の感動を味わい直すのもなかなか良いもの。停車するたびに「あ、ここまでやって来たか」とその移動距離を確認してみたり、「のぞみ」たちが「びゅ〜ん」と追い抜いていくのを座ってその揺れを体感するのも乙《おつ》なもの。

ときには「そんなに急いでどこへ行く」という世捨て人？　のような感覚で世の中を見つめるのも悪くない。車内での滞在時間が少し長くなることで、睡眠をとれたり、音楽を聴けたり、仕事の仕込みができたり、考え事が進んだり、とにかく有意義な「車内生活」が過ごせる。

しかも車内は空《す》いているためゆったり気分になれる。ときどき同じようにこだま車内で仕事をしている人を見つけると「わかってるね〜」と声をかけたくなる。スピードを追い求めるが故に、移動の楽しさがわからない人が増えていると思う。この時代だから、意識的に「こだま」。時間に追われない時間を作るのが楽しい。「あんまり速い乗り物が生まれないほうがいいよね。出張が楽しくなくなってしまう。昔は普通列車で移動し、現地で一泊するのが楽しかったのにね」と先輩方がおっしゃっていたのが理解できるようになってきた。

10

「赤」の効果

学生時代から黒を好み、黒が似合うオンナが賢そうでカッコイイと思い込んでいた。今も好きである。そして社会人になったのち、それに加えて自分の色は「紫」であると思うようになった。色彩の専門家に解説してもらえれば詳しく述べていただけるが、自他ともに認める「ムラサキオンナ」といっても間違いない。その色は自分の気質性格などさまざまな要因からも合致しているようだ。これはあくまでも自分という存在のイメージであり、ここぞという意識的な場面では変化をつける。たとえば演奏活動のとき、とくにステージや施設でのボランティア活動で最近意識しているのは「真っ赤を着ること」。目立つ目立たないではなく、受け手にパワーを与える色であるからだ。赤色は不思議なものでコミュニケーション的にいえば、日本ではアテンションの色、赤信号。皆注意を向けてくれる。流されない色なのである。そんなこともあり、最近、赤色のドレスを着る機会が増えている。ちょっと前まで黒のドレスが似合うと思っていたが、人に何かを伝える場面での赤のコミュニケーション効果は絶大である。

　京都のお馴染《なじ》みバーでのお話。その店に私のライブのためとピアノを寄付してくれた友人が急死してしまったので、そのピアノの上にお花を飾《かざ》ってほしいとママにリクエストしていた。そうしたら、ママは二週間赤いバラをそこに飾ったあと、素敵な赤ランプを調達し、ピアノの上に置いてくれた。「赤いランプの光は、皆が元気になるよ〜」。確かにその赤ランプはお客さんにウェルカムパワーを発している。病院へ誰かを見舞いにいくときも「赤がいいよ〜」とママは教えてくれる。赤は血液の色。人間の生命力をより循環させ、躍動させる役割をもっているのだろう。赤いドレスのオンナとムラサキオンナを使い分けるのも楽しい限り。

11

メディアで見る日本人？

異国の友人との会話で興味深いのは、お互いの国や国民性、文化についてのゆるやかな比較論である。たとえばブエノスアイレスでたまたま知り合ったベネズエラ人ルイスとの場合。私にとってベネズエラ人の印象は正直ほとんどない。日本にいるとテレビ他メディアで取り上げられる機会もほとんどなく、ごく稀《まれ》に京都の洋菓子屋の社長の「ちょっと出張行ってくるわ。あそこのチョコは最高なんや」という言葉が耳に残っていたり、かすかに少女時代に挑戦した作曲コンテストのファイナル課題曲がベネズエラの曲だったような。

しかし、それがグァテマラの曲だったといわれても、そうだったかもという曖昧《あいまい》な記憶しかない。それぐらい日常のなかでベネズエラはサウンド的には親しいが、首都もどこ？　と思わず訊《き》いてしまうほど実はよく知らない国のひとつである。それに引き換え、その友人ルイスからすると、すでにテレビやネットで日本の情報をよく見聞しており、彼には「ＴＯＫＹＯ」という英字のイメージが浸透しているようだ。そのＴＯＫＹＯはとにかく物価が高いので訪問する対象にならない。アジアへ行くならばバリやインドに行くというイメージが湧《わ》くという。自分が未知のＴＯＫＹＯで道に迷ったら、周りの日本人は皆忙しくて訊いても教えてくれなさそうな不安ももっていた。だからルイスの人生において日本へはよっぽどのチャンスがなければ行かないであろう。そして「ああ、こういう国もあるんだ～」とメディアを通して知るぐらいの遠い島国のようだ。ルイスと会って時間も経《た》たないのにおどけて、ふざけてくる人なつっこさに、きっとベネズエラの人は皆「楽しく幸せに生きている」と想像する。メディアを通じてわが国を見るということもときには必要なこと。まるで鏡に映《うつ》る自分を見るように。

12

本当に「必要なもの」を探す難しさ

普段の生活にはモノが溢《あふ》れており、一見、選ぶには困らない、と思いがちであるが実はそうではない。本当に必要なもの、本当に手に入れたいものこそ、そうカンタンに手に入らない。それは本気で欲しいものが出てきたときにわかるもの。企業は顧客との接点づくりが難しいというが、実は顧客の立場からすれば、本当に素晴らしいモノ・コトに出会うということは稀《まれ》である。本当にいいものは、目立つところにないし、希少であるし、それがどこにあるかを知る人が少ない。（大勢が知っているからいいものだとはとてもいえない）。こういうものこそ、信頼できる人の紹介、その筋の口コミを頼って探していかねばならない。こんなに情報まみれの世の中には、本当に必要な情報が少ない。その情報をよく吟味しながら、真《しん》偽《ぎ》や価値を確かめながら、より確からしいものを追い求めていく。なんとリスキーな行動であるか（でもそれが楽しみでもある）。

昔、とある方がビジネスの場面で「売るよりも買うほうが難しいんだぞ〜」といわれた言葉が今も脳裏《のうり》に焼き付いているが、本当に真面目かつ賢明な生活者、購買決定者からすればそのとおりなのだ。

日頃、もしかしたら我々は消費をとてもカンタンに考え、イメージや雰囲気や実体と無縁なところで選んでいる場合も多いかもしれないが、それは、もしかしたら本当に必要なものではないから、そうできるのかもしれない。なんとなく選んでいる、なんとなく買っている？

今、私が探しているものは、モノではなく「先生」。私にあることを教えてくださるちゃんとした先生を探している。これは本当に必要な確かなモノを追いかける気持ちに共通している。もっとも、モノ探しよりも、ずっと難しい。

13

「当たり前」を捨てる

炊《た》きたてのご飯と味噌汁《みそしる》をいただく。「ああ、美味《おい》しい」と感じ、ほっこりもする。炊きたてだから美味しいに決まっているといえばそれだけで終わってしまうが、そうではなく、「美味しい」と感じられることが素晴らしいということに気づきたい。ふーふーいいながら、ほのかな香りをいただき、食感を楽しみながら甘さ辛《から》さを味わう。食事とは単に味覚を味わっているだけでなく、自分がもっている五感すべてを使って体験をしているのだ。

もっといえば、手も目も健康でなければ自分で箸《はし》をもって食べることもできない。生まれてから親に食べ方を教えてもらって今日まで、食べることを当たり前に思ってきてはいないだろうか。それは健康の証拠である。またおかげさまで仕事もあり、食べていけているという幸運の証《あか》しでもある。食は生きるための一番大切な行為であるが、その重大さに気づいていないことが気になる。自分を生かしてくれている多くの動植物に感謝であるし、それを味わうことができるわが身を支えてくれる全ての存在に感謝であるし、そう思うともっともっと食べることを大切にしなければ…。先日、知り合いから認知症の患者さん向けのカレー味と梅味のゼリーを開発したからとそれを試食させていただいた。普段自分がいただいている食品よりも味がわかるように、しっかりとした調味になっており、日頃「美味しい！〜」と思っている味わいとはちょっと違う感覚であった。香りも味もしっかり認識できるにはこれぐらいのメリハリが必要なのかと思う反面、味覚も嚥下《えんか》能力も年齢とともに変わってくるのだと思うと、美味しいと感じられる感覚とは大変なことなのだと改めて気づかされる。自分の身の回りの「当たり前」をすべて捨ててみよう。そうすることで敬虔《けいけん》な気持ちで物事に向かい合うことができる。そう、生きていることこそが「当たり前」ではなく「凄《すご》い」ことなのだ。

14

「一流女」の朝の決め手は

ピカソと暮らし、別れ、自立した女性、フランソワーズ・ジロー。その女流画家の個展が銀座で行なわれていた。友人にすすめられ出かけたのであるが、それまで彼女の存在は知らなかった。コンパクトな空間に作品二十点余りが上品に陳列され、その作品には余計な情報がなく、「素っぴん」の女性を見ているような印象を受けた。それは、どんなに飾り立てたものよりも、本質の美しさをにじませている。

そこで見つけた作家本人のメッセージが最高である。

「毎朝、キャンバスに向き合う前に、大切にしていること。それはエネルギーを寄せ集め、アイデアを瞬間的に光らせ、これから自分が生み出そうとしている形や色彩への感情を確信に近いレベルまで高めること…」

こんな名言にはあまりお目にかかったことがない。確かに彼女の作品は光というエネルギーに満ちた明るい色彩が特長であり、しかも瞬間的にはじけたであろう線や面が描かれているのである。描写的な作品とはまるで違う。そして、やはり愛した男ピカソの作品に共通のタッチなのである。愛はその表現方法まで変えてしまうのか。作品全体から生命の活動の始まりである朝に、やさしさときらめきを胸いっぱいに抱かせてもらった…そんな満足感を得た。一流の女性は朝の瞬間から違うのだ。

15

「感動」は苦しい

演奏にしろ、歌にしろ、仕事にせよ、一生懸命にその道を極《きわ》め、自分自身を100%以上発揮、表現している人に触れていると、心の底から湧いてくる熱き思いがある。それを感動と呼ぶならば、それは単純に「ああ、良かった」とか「キレイ」「上手」「凄《すご》い」と拍手する世界を越え、その感動に対峙《たいじ》しようとする自分が現われる。

たとえば八十歳を過ぎた美容師さんが私の髪をセットする。しっかりした手つき目つきで、プロの自覚と行動がぶれない迅速《じんそく》さ、確かさ。私は八十歳になったときあんなふうに生きられるだろうか、ぼけることなく仕事ができているのだろうかと思ってしまう。全身全霊をこめて歌い、朗読する女優の姿を眼前に、どうしたらあんな風に自分を大きく、美しく表現できるのだろうと考えてしまう。あの難解なバンドネオンを目をとじて両手で操《あやつ》っているプレイヤーの指先と両腕を見ていると、どこまで苦労をしたらあそこまでいけるのだろうとため息が出てしまう。

おかげさまで、毎日のように大小の感動を体験できる生活を送っているが、何かが響くとすべて自分に跳《は》ね返ってくる。あんな風に人を感動させたかったら、努力せよ！　止まるな進め！　という指令が全身を巡《めぐ》る。感動は「する」のはうれしいが「させる」のは苦しくてたまらない修行だ。

16

店は「お客様」と創る

都内の行きつけのお店で二十年ぶりの再会も含めた会食。サラリーマン時代からの現役同窓会。二十代の頃の体験談を回想しながら懐《なつか》しの時間を過ごす。サラリーマンってネクタイ締《し》めていても、こんなに素直に楽しく笑う存在だったのか？　と思うほど笑いや突っ込みが尽きず、時間があっという間に流れる。そんな様を見てか、お店の方に「いやー、楽しそうでいいですね」と褒《ほ》められる。（？）

お店の人は、お客様が幸せそうに過ごしているのが一番の喜びなのだ。お客がお店の人に「今日は美味《おい》しかったわ」などそれらしいコメントを残して帰ることはままあるが、お店の人から「楽しいお仲間ですね」といわれることは少ない。

美味しい料理を囲んで、お酒もすすみ、話も盛り上がる。そこにできる「幸せ空間」が、店の価値を高める。どんなに美しいインテリアで、美味しい料理、きれいな器《うつわ》であっても、お客が無愛想《ぶあいそう》であったり、もめたりしていては決して店の雰囲気は良くならない。改めて、お店はお客さまが創るものであることを痛感。

ある日、他の店の店主より留守電が入る。「最近、お目にかからないので、うちのスタッフが心配しています」。そうか、お店のスタッフが一人の客である自分のことを気にしてくれている。お店から思い出されるお客という存在もいいものだ。

お店を創る要素は数々あれど、一番大切なのは、「どんなお客さんがどんな顔してどんな風に楽しんでいるか」ということ。快適空間は人を和《なご》ませ、料理は人を潤《うるお》す。そして店に「気」を入れ、「活空間」にしてくれるのが「いいお客様」の存在なのだ。

17

ケアする時間を大切に

　年を重ねるにつれ、毎日の生活時間のなかで、自分を「ケアする」時間が次第に長くなったとしみじみ思うことがある。たとえば朝、目覚めると洗顔、顔のマッサージ、パック、それをしながらヨガ。パックを落として基礎化粧。そして次は頭皮のマッサージから始まるヘアケア。すぐには出かけられないのだ。また三度の食事をすれば歯を磨き（お口のケア）夜は夜でお酒を飲んでいようが疲れていようが、化粧を落とし洗顔、またマッサージにヨガ…。最近は布団《ふとん》に入ってもヨガ…。よく考えたらそれらにかかる時間もばかにできない。しかも毎日のこと。一年で私は「ケア」に何十時間費やしているのだろう。それに収まらず、ときには顔やカラダのマッサージに出かけることでさらに時間もお金も使う。ケアとは、「気にかけて手入れをする」という意味であるが、老いないように、病気にならないように、美しさ？　若さをキープするための諸活動。もともと人は年々日々老化する存在なのだから、若さを保つには、ケアが不可欠である。おそらくこれからもっとケアする必要が増えてくるだろう。だから一日がどんどん短くなる。時間が貴重になる。

　子ども時代、自分をケアするということは考えたこともなかったはず。長く生きるといろんなケアが必要になる。それはカラダだけでなく、心のケアも。自分自身に向かい合い、自分にほんのちょっと手をかけてやるだけで、元気な自分を創ることができる。言い換えると、気を抜いて何も考えずにいると、細胞は衰え、老化もすすむ。意識することで、素敵な自分を創れるならばお安いもの。できれば人にケアをしてもらうのではなく、「セルフケア」できる人生がいい。そう思うとますますそのことに費やす時間を含め、毎日の生活時間に感謝し、一分たりとも無駄にしない一日にしたいと思うのである。

18

メディアの意味と役割を改めて

ラジオ番組を担当するようになり、メディアを通じて人にモノを伝えることの難しさ、怖《こわ》さ、面白さ、楽しさ…とにかくいろんなことを考えるようになった。ターゲットを特定したコミュニケーションと、不特定多数…まさにマスという相手に伝えるコミュニケーションとは明らかに違う。一見、当たり前であることが実際にやってみて、その反応がどうであるかについて限りない想像を膨《ふく》らませる。毎日書いているブログ自体も誰にもOPENであり、もしかしたら見知らぬ方に読んでいただいているかもしれないが、意識的かつ積極的にアクセスいただいて初めて読んでいただくことができる。一方、ラジオの場合は、その周波数に合った場所にいて、たまたまラジオのスイッチを入れた方の耳に流れていくため、より多くの未知なる出会いが想定できるのである。不特定多数に向かって話すということへの緊張、しかもせっかく聴いていただくのだから意味のあるメッセージを発したいという気持ち、それをうまくしっかり伝えようと意識すること…。といったこれまで経験のない幾多の課題（プレッシャー）が同時に肩にのしかかる。しかし反面、自分が世に伝えたいこと、自分の発したいメッセージを知らない人にも聴いていただけるというのは感動的である。そんなこんなで、前よりも他のラジオ番組にも耳を傾けるようになった。意外にもラジオというのは知らない間に言葉が耳に入ってきて、しかも内容が心に残るもの。テレビは視聴する媒体であるが、なんとなく見ていることも多く、よほどのメッセージでなければ心に残らない。視聴者やリスナーに拒否されない番組であることはもちろんのこと、それが「メディア」である限り、人と人をつなぐ媒体として相手に良き効果を与えなければならない。コミュニケーションクリエイターとして、このような機会をいただけることはとてもうれしい。

19

「見えない」ものを、きちんと伝える

わが人生初のラジオ番組が間もなく放送される。編集したものを事前に確認させていただく。どきどきしながら聴いてみる。インターネットもテレビも印刷物も「視覚」がポイント！　目に入る情報は人間が認知できる情報のなかでもっとも効果があるといわれているが、ラジオという媒体は耳が頼りである。まず意識してもらうことが大切である。耳を澄《す》ますと、自分の語りが自分の耳に入ってくる、おかしな気持ちになる。最初のオープニングで番組の世界観を伝えたかったが、これで良かった？　まずまずかな…と自問自答。緊張しながら三十分じっと聴き続ける。意識して「自然に」話すということはなんと難しいことか。また相手がいないのにあたかもそこにいるように語りかけることも難しいものである。うまくいったか？　満点ではないが、ま、こんな感じか。初めてだしね。と納得もする。耳に入ってくるコトバは意外としっかり頭に入ってくる。ふと中学生時代ラジオの深夜番組が大好きだったことを思い出す。見えなくても想像するのが楽しかった。気持ちが楽になった。そのときの自分をふと思い出した。話し手はその情景を目に見えるように抑揚《よくよう》をもって伝えることが大切なのである。また、ニュースを読むわけではないため、あくまでも自然体かつ自分の個性が出せると良い。自作自演の初番組。オープニングが流れるといろんな思いが溢《あふ》れ、一筋涙がこぼれる。大したことでないのに、これをするために短い間ではあったがアナウンサー学校へも行ったこと、標準語の発音が結局できず、自分には語りは無理ではと一時あきらめかけたこと…。でもなんとか実現したこと、ようやく滑《すべ》り出したことに安堵《あんど》し、自分への責任をひとつ果たした気がした。そしてまた次に向かうのである。目に見えないものを見えるようにすること。人は耳で聴き、心の窓を開くのである。

20

店には「ハッピーエアー」を！

毎日どこかしらの店を利用する。商品も空間も素敵なのに心に響いてこない店、古くて大して安いわけでもないのにいい店だな~としみじみ思ってしまう店。この違いは何か。それはその店の人が作る店の世界観・空気感である。見た目楽しそうなイタリアンのお店なのにそこで働く人が融通の利《き》かないマニュアル人間だと店の楽しさは半減する。一方、浅草のおじさんしかいない炉端焼《ろばたやき》の店。てきぱき元気に応対している大将がいて、スタッフとの威勢の良い連携でお店が活気付く。どんなに美味《おい》しくても楽しくない店には二度三度と足を運ばなくなる。人は食べるだけでなく、楽しもうと訪れるのである。

近所にイタリアンのバール（バー）がある。そこは何かしら楽しく面白い。ハッピーアワーにはビールを八十八円という仰天価格で提供したり、店内にはイタリアの懐《なつ》かしき喜劇役者の写真を飾《かざ》っていたり、イタリアのラジオを流していたり、そしてなんといってもイタリア人スタッフのカジュアルなおもてなし。その人がいることで場の空気が変わる。心地良さに気がつけばワインも一本空《あ》いてしまう。いろんな要素が相まって、人が人を呼ぶ。ときどきこんなハッピーエアーが溢《あふ》れる店に出会うと得した気分になり、また今度誰かを連れて来たいと思うのである。

21

100対1でなく、101分の1で

子どもの頃、参加していた地元のアマチュア第九合唱団。初めてプロの演奏を聴いたときの指揮者は炎の指揮者、「コバケン」こと小林研一郎氏。それは学生時代、京都会館での演奏。余りに情熱的な指揮に感動、あれから二十五年以上が経過し、久しぶりにコバケンさんをテレビのインタビュー番組で拝見する。すでに七十歳とのことであるが、全くお変わりない腰の低さと、音楽への熱き姿勢がとても印象的。

「今後、どんな人でありたいですか?」

「演奏者100人に対しての1人の指揮者ではなく、101人のなかの1人として全員で曲を創り上げるような、そんな人でありたい。その曲をより伝えるための作曲者の亡霊《ぼうれい》として存在できる、そしてタクトを振らなくても、コバケンがそこにいるからいい演奏ができる…なんていわれる存在になれたら最高ですね」

生意気すぎるが、普段自分が考えていることはこの言葉にとても近い。人と人をつなぐ媒介者。そういう仕事、生き方も存在して良いのだ。それにしてもいつも観客に背中を向け、演奏者に面している指揮者は実は、演奏者に向かっているのでなく、演奏者とともにそして作曲家とともにいるのだ。創り出すひとつの世界を観客に伝えているのだ。このことは、いろんな組織に当てはめてみても参考になる。

22

「停止」でなく「徐行」で過ごす休日

世間でいわれるところの休日、とくに連休が苦手である。連休翌日の通勤電車はどこか悲壮感が漂《ただよ》っている。「よく休んだ。さあ、今日からがんばるぞ」というすっきり前向きパワーよりも、もっと休んでいたいけれど…といやいや力をふりしぼって電車に駆《か》け込んでいる人たちのそんな空気を感じてしまう。それだけ最近の日本の社会にはストレスが満ち満ちているのかもしれない。

自分自身も、もしフルに休んでしまったら、仕事モードに戻すのが大変。そんなわけでいつの間にかゼロにしないで徐行運転モードにして過ごすのが習慣になってしまった。仕事柄、休日のほうが静かに考え事が進むこともあるし、外出先での発見もあるため、お休みモードを半分ぐらいにしているのがちょうど良いという点もあるが、それにしても全くのＯＦＦというのができない性質《たち》のようである。そもそも人間は生まれながらにして呼吸を止めることなく一定のリズムに乗って生きている動物であるから、急に止まって再び勢いよく動き始めるにはかなりのパワーが必要。だから、せめて世間がスタートする少し前に徐行しながら通常のペースに戻すほうが楽なのかも。もちろん人それぞれの休み方、休日の過ごし方があるので、あくまでも自分の場合にしか当てはまらない。

まったくのＯＦＦを楽しめる人を尊敬する。ＯＮのとき全開ならばそれで良い。

23

ケータイもたない生き方に

十五年以上前に、一緒に仕事をしていたフォトジャーナリストのFさんに久しぶりに再会した。久しぶりの連絡メールに「念のため、今尾さんの携帯番号教えておいてください。ちなみに小生は携帯はもっていません」とある。携帯電話が普及し始めた十年ぐらい前、私もこの波に乗ることにかなり抵抗があり、もち始めたのはかなり遅いほうだったことを思い出す。「今尾さんって、携帯もたないんですよ〜」とネタにされたこともあったのが懐かしいぐらいだ。しかし、一度（まさに）携帯し始めたら最後、いつでも世界のどこへ行くにも必携の品、出先のメールは携帯で処理することも多い、という状況になってしまっているのに、そうかFさんは今も携帯を持たないとは。偉い！　やっぱり凄《すご》い人である。

この知らせを聞いて、携帯から解放された時間を過ごす大切さを久しぶりに意識するようにもなった。いつもすぐ返事しなければとの浅い（？）責任感から、目や手首を常に酷使している。この用件は本当に今すぐ返事しなきゃいけないのか？　あとでいいことまですぐに返信していることも多いのでは…。そのような時間の流れをいつの間にか作り、流されてしまっている自分をここで一度制したくなる。Fさんは人が世間が何をしようとも自分流を外さない崩さない生き方ができる人だ。コミュニケーションの仕事をするうえで、Fさんのような存在は大変貴重である。

目先のことでなく、本質の話ができる人。そう携帯のある生活に慣《な》れるよりも、目の健康を大切にする暮らしになったほうが良い。ケータイを持たない生活に、いつ戻ろうか。いや、戻るのではなく超えるのかもしれない。本当にスマートな暮らしとは何も持たない生き方なのかもしれない。

24

「ずっとお願いします！」

とある企業のご担当者様より顧問契約更新のご案内をいただき、その手続きでお会いした際、「これからもずっと末永くお願いしますね～」といただいた言葉が心に焼きついて離れない。その一言で心身が軽くなったような救われたような気がしたのだ。終身雇用の仕事をしているわけでなく、一年ごとの契約更新というのがほとんどのケース。成果をあげなければ不要とされる。スポーツ選手の緊張感が人ごとでなく理解できる…そんなやり方で十余年進んできた。一般にいわれるコンサルタントという仕事というには現場主義であり、一歩外にいる立場から提案したり、アドバイスする、そしてときには一緒に動いてしまう、人と人、企業と企業をリアルに結びつける…というのが自分の使命だと思っている。

とにかくご縁をいただいた企業や組織のお役に立つために全力を注ぐしかできない。「自分ができることを精一杯してもらっていますから…」と、こんな言葉もいただきもったいないと思う。とにかく仕事は双方の意思がなければ存続・継続できない。出会った組織とそこで働く方たちの発展・成長のため自分ができることを喜んで行なうこと。そのために自らの気力・体力をいつも健全に、そして充実させておくことが大切。

長くおつきあいいただけることに深く感謝し、またずっとそういっていただけるようまた新たにスタートだ。現在の関係に胡坐《あぐら》をかかず、小さなことを積み重ねたい。もちろん大きなことにも挑戦する意志を忘れずに！

25

「気持ちいい」おもてなし

出張先でわずかお昼二時間のおもてなし。せっかく東京から新潟に来られているのだから、せめて前夜と違う眺め・食事を楽しんでいただきたい、との思いで、前日の夕食の場所・料理をあらかじめちらりお聞きし、それと違う世界をお目にかけたいとぎりぎりまで迷う。今回は前夜、新潟駅南にある地元の方が通う小料理屋さんで会食されたとお聞きしたので、では和食以外・しかも繁華街で見るのとは違った新潟らしい一面を満喫《まんきつ》できるところ…ということで、知る人ぞ知る歴史博物館・旧税関もあり、地元銀行の旧支店を移築しそこに作られたイタリアンレストランにご案内（この一帯を地元では「みなとぴあ」という）。「へえ、こんなにいい場所が新潟にあったんだね～」「ちょっとここに座ってぼーっとしたいね」「ゆっくり話ができるいいレストランだね」と喜びの声。

歴史好きな方だったため、駆け足で歴史博物館も一巡。天気もよく信濃川が注ぐ日本海に映《は》える青空も楽しんでいただく。豪華な食事でのおもてなしが必要なときもあるが、そこにある、そこでしか見られない風景を楽しんでいただくのもよし。そしてあとで楽しんでいただけるプチお土産《みやげ》も用意しておく。こんなときはビジネスマンのバッグに入りやすい大きさ薄さというのがポイントである。今回のお土産は新潟の名産洋梨「ル・レクチェ」で作った羊羹《ようかん》…。羊羹はいろんな意味でスマートなお土産である。東京で普段お会いしているお客様にこうして地方で再会することも貴重な機会。訪問先の良き思い出のひとつになれば、それがきっかけでその街が好きになったりもする。「いい出張だったよ～」そんな会話が交《か》わされていたらうれしい。おもてなしは一時間でも二時間でも、いや三十分でも、限られた時間で工夫次第。相手が気持ち良く帰られること。それが一番である。

26

日本人は４拍子民族

音楽療法のセミナーを受講した。何が凄《すご》いか！　講師が八十歳、医者をしながら音楽療法にも取り組んでおられる。この業界にはこういったスーパーマンが何名かおられるようだ。その先生が話をされているとき、ピアノを弾《ひ》いておられるとき、先生自身がそのことで癒《いや》され、また元気を充電されているように思えた。先生の講義で学んだことを少々…。「健康とはその人らしく生きていられること」。もしカラダのどこかに障害があってもそれも自分の一部として「個性」として元気に生きている人は健康だ。現代社会では五体満足なのに健康でない人が多い。その人らしく生き難《がた》い世の中になってしまったのかもしれない。人が健康に生きるための一助として「音楽」がある。誰しもが音楽を楽しみ、人生を豊かにする権利があるがそれを自分でできない人のために「お手伝いする」のが音楽療法士という仕事だ。音楽は確かに人を元気にすることができる素晴らしいアクティビティ（働き）であるが、人にとって何が快適で何がマッチするか…というのはその人の歴史や自然環境によって大きく変わるという。日本人はもともと農耕型社会で生きてきた。だから4拍子のリズムが合うのだという。田を耕すときのリズムが確かに4拍子で規則正しい。一方、狩猟型の民族は2拍子だという。馬のひづめのリズムからきているそうな…。日本人が潜在的に求める音がわかっていると、一見意識が眠っている人をも起こすことができる。大切なことは何よりも「楽しんでいただくこと」。音楽療法でもやはりエンターテイメント性が重要なのだ。人は八十歳を過ぎてもあんな風に九十分も立ちっぱなしで話せ、あんなに元気にピアノを弾けるのだろうか？　先生自身の生き様を垣間《かいま》見たことが一番の学びであった。自分のためにも良い仕事ができるとはこの上なき幸せである。

27

バランスいいサービス

近所に派手な看板のホルモン屋が開店。思わずそのインパクトにつられて、入ってみる。店内は古くて新しいレトロ昭和風。懐かしいお酒のポスターやホーロー看板などに混《ま》じって手書きのメニューが賑《にぎ》やかに掲示されている。そして開店直後であるためか、スタッフたちの緊張感が店全体にあふれ、客であるこちらもずっと店のスタッフに見られているという感じ。とにかく若いスタッフが大きな掛け声で挨拶するのが特長（売り）のひとつのようだ。ドリンクをオーダーすれば「○○さんから美味《おい》しい○○注文いただきました〜」と、厨房《ちゅうぼう》へ大きな声で。最初のドリンクがテーブルに運ばれた際、お客がグラスをもった瞬間に「お疲れ様でした〜」とスタッフ全員が声をかける。そうか、お客がグラスをもつ瞬間をチェックしていたのだ〜。メニューは癖《くせ》のある手書き文字で、正直慣《な》れるまで見づらい。お料理についていえば肉自体の素材は良いのに、湯通ししてクセがないように仕上げている。トイレにいけば、女性のナフキンも用意されているのはいいが、むき出しのまま置かれてある。そしてお会計が終わって帰ろうとしたら、洗剤らしきスプレーをもってスタッフが「お見送りします！」と出てくる。「いや、お見送りはいいので。それにお見送りするとき掃除の道具はもってこないほうがいいんじゃない？」と返すと「いえ、これは消臭スプレーです」といって、前後《うし》ろに二回シューっとされて、見送られた。確かに焼肉だったので、これから電車で移動される方には消臭は必要かもしれないが…。と、とにかく意外な工夫がいっぱいのお店であった。学んだのは「何事もバランス」ということ。そしてこちらでは良いと思っても、相手にとって迷惑なこと、気が進まないこともあるかもしれないのでその按配《あんばい》をどうするか。でも、消臭スプレーでお見送りとは美味しさまで帳消しになる感じでちょっと…。

28

方言は人生の道のりを現わす

自分のトークは標準語ときどき関西弁のち岐阜弁。これまでどこの誰も聞いたことのないようなイントネーションで話しているようだ。きちんとしようと意識した場面では標準語でとおしてみるが、ときどき無理しているような部分もあり不自然になる。だから今回は普段の自分どおりに話してみる。すらすらいえた、自分らしく話せた…と思う反面、聞き手にとってどうであるか? はとても不安である。

恐る恐る自分の声が入ったCDを聴いてみる。こんなので良かったのか?……。心が乱れる。聴いたあと、収録してくれたスタッフに本当にこれで良いのかと尋ねてみる。すると、ラジオなど音の媒体ではイントネーションのインパクトも個性のうち。また関西弁はカッコイイという見方もあるそうで、まったく問題ないとのこと。それが私らしいのだという。

以前、アナウンサー学校にしばし通ったときにはイントネーションの自信のなさをよく指摘されたことを思い出す。しかし、私は今ニュースを読むのではない。自分の語りで世界を作り、そこに人を呼ぶのだ。方言を恥じる時代は終わったのかもしれない。

岐阜から京都に移り、そして東京へ、さらに新潟も最近の拠点のひとつ。この軌跡を言葉もたどっている。自信をもって自分の方言を語りたい。聴いた人の想像が膨《ふく》らむ言葉って深い味わいがありそうだ…。

29

毎日「いただいて」生きている

毎日、会う人会う人に何かをいただく。誰かに会えば何かをいただいている。モノだけでなく情報であったり、元気であったり、ご縁であったり、ご馳走《ちそう》になることも…。とにかく毎日いただかない日はない。人はいただいて生きている存在ともいえる。

そのとき大切にしたいのは、すぐあとにお礼をいうということ。言葉でも一通のメールでも一枚のハガキでも良い。きちんと感謝の気持ちを伝えることで相手も安心、ああ差し上げて良かった、会って良かったという安堵《あんど》の気持ちになるのである。お礼は相手を大切に思う心の現われでもある。何かの理由でお礼をいえないままだと、その人との関係がうまく継続しない感じがする。

『残念な人』という本が売れているようだが、私のなかではお礼がすぐにいえない人、返事をするのが遅くなってしまう人は残念な人だと思う。自分がそうなっていないかをまず見直す必要がある。目下の人だからとか、気心が知れているからは関係ない。家族であっても、年下の方であっても、やはりお礼をすぐいうのは人間関係において基本の基本。お礼をいう=相手に感謝できる、そして何か玉を投げられたら放置せずすぐに球を投げ返す。もちろん言葉だけでなく、心から行動するということ。わが身を振り返り、毎日いただいて生きているという自覚をもち、謙虚に生きたい。

30

4拍子半がちょうどいい

日本人は4拍子ということを書いたが、昨日とある席で「脳の活用ということでいうならば『4拍子半』というリズムが人間の脳力活性化に良い」という話を聞き、面白いと思った。実際、音楽でこの『4拍子半』というリズムはあまり耳にしない。もちろん普段の生活においてもである。「1・2・3・4・うん♪」という、一見なんとも字余り（拍余り）な落ち着かない拍子。もし、地下鉄の階段を上がるとき、重い荷物をもって歩かねばならないときなど、このリズムを唱《とな》えてやると辛《つら》くない、重く感じないそうだ。真面目な日本人に合う4拍子はどこまでも続く、延々と淡々と進む一種の「無休性」を感じるが、最後に半拍入ると、ちょっと息抜きできる感じなのである。

その話を聞いたあと、早速、地下鉄の階段を4拍子半で駆《か》け上がってみた。確かになんだか楽しく、軽やかな感じがしないでもない。人間はイメージの動物。何かをイメージしたり、何かを意識することで自然にカラダをも動かす不思議なパワーをもっている。

こんな話も出た。すぐ目の前にゴールがあると思うと無意識にスピードが落ちてしまうが、ゴールをその少し先に設定するとゴールまで全力で走りきれるそうだ。やっぱり何事もイメージ力である。今日は4拍子半で行動してみよう。「半」はゆとり、遊びである。リズムのとり方ひとつで一日が楽しくなる。

31

「つもり」が「つもる」は要注意！

よく日常のビジネス場面において、あるいは家族の関係においても「そういったつもり」「自分ではよくやったつもり」という言葉が弁明のように出てしまうことがある。そういわざるを得ないのは何かがうまくいかなかった、いくはずだったのにそうでなかった…という結果のときである。

そこには自分の考えは正しい、あるいは相手も自分と同じ…という奢《おご》りと甘さがあるのかもしれない。その小さな「つもり」が積み重なると誤解が生まれて関係に亀裂《きれつ》が入ることもある。つもりの甘さが修復しづらい関係を作ってしまうことがあるのだ。

だからそんなことにならないように普段から「つもり」をなくすように心がけたい。そのためには、なるべく「見える形」で確認し合う。ビジネスであれば書面になっていれば、最初に確認しておけばそのあとトラブルになることは避《さ》けられる。自分の周りに「つもり」が積もっていないか点検しておくことは、転《ころ》ばぬ先の杖《つえ》かもしれない。

32

お土産のセンスで相手との関係が？

出張に出るとき、場所を問わず現地で今回会う予定の人数分以上、ちょっとした土産《みやげ》をバッグに入れて出かけるようにする。お土産とは、どこかを訪問するときに現地で会う方へご挨拶・感謝の気持ちを込めて渡す土地のもの。宅急便などで送るものでなく、手渡しするというところがポイントだ。

地方へ行くならば東京の面白いものか、自分が関わる他地方の珍しいもの。海外へ行くならば日本らしいちょっとサプライズなもの（これも相手国によって異なる）…と、一応相手の顔を思い浮かべながら何を用意するか考える。たとえば今回の荷造りはアメリカ行き。NYで会う予定の日本人の仲間へのお土産。彼には今回日本の美味《おい》しいお米とそれに合うお惣《そう》菜《ざい》（私の田舎の鮎《あゆ》の昆布巻）をセットする。アメリカではなかなか手に入らない、また舌で日本を懐しんでもらえるものが喜ばれる。前回は地ビールとこだわり米菓。それに日本の書籍などをプラス。意外と日本の情報は重宝がられる。もちろんインターネットで検索収集できる時代になり昔ほどではないが、日本でしか手に入らない雑誌などは今の日本を知るのに役立つそうで海外に住む日本人ビジネスマンには喜ばれる。

このほか国内でも地方に行くとき、都内で人に会うときでも、キャンディひとつカード一枚でも何かプチお土産をカバンに忍ばせるようにする。決して高価でなくて良い、気持ちとセンスが溢《あふ》れていれば。そして相手の喜ぶ顔が見られれば良いのである。

お土産は会う人とのコミュニケーションの玄関口である。ちょっとした気遣いでその方との会話も、そしてその後の関係も変化するのが興味深い。

33

真のコスモポリタンを目指す

ときどき、本当に農耕民族の流れを汲《く》んでいるのか？　と自分の行動癖を疑うことがあるが、不動産や定住に関するものにほとんど興味がない。もともと人生を「ある時間を預かっているだけ」「人生はレンタル」と考えているため定位置にいることだけが生活とは思っていない。そのせいか行った先々が新たな拠点となる。出張先でも何度も通えば自分の生活の場になるのである。そんなわけですでにいくつかの街は自分にとって、訪問先ではなく生活の場になっている。それがホテル住まいであっても生活なのである。

たとえばNYへ。ここも現在では一年のうち、ほんの数える日数しか住めない街であるが、自分にとっては東京では体験できないことができてしまう生活空間なのである。現地の仕事仲間に会う、最新の店舗《てんぽ》をチェックする、サービスを見る、スーパーに食材を買いに行く、美味《おい》しいビールを飲ませてくれるパブを探す、ここでしか手に入らない資料を探す、ブロードウェイを目指すアクターたちが通うスタジオで普段どおりピアノを練習する、とにかくすべきことが一杯あるのがうれしい。

これが京都であっても、新潟であっても同じこと。などなどその土地ですべきこと、しなければならないこと、したいことを限られた時間のなかで最大限に行動する。できる限り歩く、足が棒になるほどに歩いて久しぶりの街の空気を五感で味わう。生活とは「活き活き生きる」ということ。実際にそうできる場所があることが面白く、ありがたい。もちろん体力・気力がみなぎっている今だからできること。もし私が「どこにも行きたくない。ここにじっとしている」など言い始めたら、危険である。そんな日が来ないように、いつも世界のあちこちにある、行かねばならない私の生活空間を常に維持している。

34

見る顔・見られる顔

自分は誰かに見られている、という意識がコミュニケーションをする上ではとても大切だ。自分で自分の顔を見ることは鏡をのぞく以外にはできないが、人はその見えない自分を見て瞬時に反応しているのだ。俳優業をやっている人たちの顔の研究は大変勉強になる。生まれもった自分の顔を最高に見せる術《すべ》をもっている。美しい造形も備わっているが、それ以上に表情。豊かな伸びやかな表情が観客を引き寄せる。

そしてその顔を引き立てるメーキャップ。とくに舞台で仕事する俳優たちはメリハリある化粧が個性ある顔を創り上げている。控え室では今日の自分はどんな演技をする？　どう見せる？　とイメージを思いっきり働かせながら、決め色のリップで化粧を仕上げたりするのだろう。

練習で積み上げられた演技がステージで繰り広げられている本番、最前席でずっと彼彼女の顔を観ていた。するとステージの上から視線が飛んだ。その目が合った歌手は私に赤いバラを投げた。どんな顔に映っていたのだろう。見られたことに気をとられ、飛んできたその花を受け取れず、床に落下。「あっ！」と思っている間に隣の少女が拾ってしまった…。

顔は最強の第一コミュニケーションツールである。

35
自分も楽しく、相手もハッピーが一番

先日、とある若手経営者の卵さんと食事する機会があった。ひとまわりも違えば世代が違う、感性が違う。それも刺激的でこちらも勉強になり会話を楽しんでいた。ボランティアをしている話をしたら、「自分も何か社会にいいことちょっとしてみたいという気持ちもあるんですけど、それって何か偽善のような気がしてならないんですよ〜」といわれたその言葉がとても新鮮かつ印象に残った。いいことをすることは偽善か。話を聞いてみると仕事で稼いだお金でなく、ゴルフコンペの賞金の一部を施設に寄付しようと思うことがあるが、その動機がどうも偽善だという。仕事でなく遊んでいて人の役に立つというのはいかがなものかと思うらしい。どんな入り口からでも、どんな視点からでも自分ができることで世の中の役に立てることは、一番良いのではと思うのであるが…。自分が楽しいことをした結果、人もハッピーになることは理想的。辛《つら》い仕事をした結果に寄付をする。これももちろん素晴らしいが、人の役に立つのはそればかりではないのでは？　仕事は辛くなくてはいけない。辛いもの。楽しむものではない…という見方が少なからずあるかもしれない。確かに辛いときも、苦しいときもたくさんあるが、楽しく世の中の役に立てば一番幸せなはず…。

そして好きなことで世の中の役に立てるならもっとがんばれていい結果も出せるかもしれない、人生をもっと楽しめるかもしれない…。これからも楽しみながら、自分の社会での活かされ方を追求し続けたい。偽善とは人を裏切ったりだましたときに出る言葉かもしれない。遊びからも人の役に立てること…これは「大いなる善」であると思う。若い人たちへ、これはいいかも！　と思うことをためらわずどんどんやってみてほしい。やらないでわかることは少ないのだから。そして自分も楽しみながら役に立てる生き方を極《きわ》めたい。

36

その広告は誰に？

コミュニケーションで大切なことのひとつは、いうまでもなくターゲット。そのメッセージを誰に伝えたいのかということ。

海外へ行くとずっと夜通しテレビをつけるようにしている。そこで流れる広告を見ながらそのターゲットについてあれこれと考える。まず、楽してキレイになれる勘違いを起こしそうな健康器具・皺《しわ》とり・若返りのトレーニングサービス・極端ダイエットの BEFORE & AFTER・禁煙キャンペーン（最近は肺がんの恐ろしさを露骨に伝えるショッキングなものが多い）…とテレビならではの視覚に訴えるコマーシャルが続く。

基本は健康志向・不老長寿がテーマであり、その合間に相変わらず太りそうな食品のコマーシャル（それでも少しは減った）。それに続いて七十歳になった老人がマッチョなボディになったという映像を見て、ＲＩＣＨを目指した二十世紀のアメリカンドリームが次は「不老長寿」に移行しているのを実感。現地に住む日本人に訊《き》く。「相変わらずアメリカのテレビコマーシャルは極端ですよね」「うちではテレビはほとんど観ないですよ」。ネットの普及でテレビを観ない人が増えているなかでのＴＶＣＦのターゲットは在宅者であり、時間にゆとりのある高齢者や主婦層とのこと。

最近ラジオの仕事も始めたせいか、ターゲット層とメディアの特性をよく考えるようになった。何も考えずにぼーっと見られるテレビ、癒《いや》しの道具でもあったテレビが発するメッセージは能動的にではなく受動的に視聴者に染《し》み入る。洗脳行為とどこが違うのか？　一歩間違えば…？　ちょっと悲哀を感じつつこの現象を受けとめている。

37

「人」から「存在」への成長を

マーケティングという言葉がもしかしたら二十世紀までの価値観だったかもと思うことがあるが、視点を変えてそんなことはないと改めて思い直す。自らの市場を創造することがマーケティングであり、その活動がマーケティングコミュニケーションであるならば、それはモノコトのレベルの話ではなく、まさに自分の人生そのものにも当てはまるのではないかと思うから。自分を世の中で活かす、いきいき生きるための居場所を求める…そのためには応援者・協力者がいなければ成り立たない。自分を商品として世の中に認めてもらうためには、あらゆるマーケティング活動が不可欠なのである。ある先輩が若かりし日に「人生は営業だ！」といつも熱く語りそのまま生き、そして今も尚同じスタイルで駆けておられることをふと思い出す。

今さらあえて、マーケティングだ、営業だと言葉に出す必要はないけれど、自分の価値を高め続けていく努力こそが重要なのだと思う。有名無名の軸でなく、真の価値。目先のことではなく社会に役立つ存在になれるように自分を仕向けていけること、その意志をなくさないことがとても重要なのだと思う。

表面的なマーケティング事象に目を奪われることなく、真に存在意義を考え、行動すること、それこそがまさに「生きること」ではないか。

38

接続詞の重さ

新聞記事をテレビやラジオ原稿にリライトする記者の話を聞く。新聞記事とは目で文字を追うもの、ラジオは耳で聴き、テレビは視聴するものと、当たり前であるがそれぞれの特長がある。受け手でいるときはそれをあまり意識しないが、よく考えてみれば、ラジオは時間とともに言葉が流れ、それにより聴き手は情報をつなぎ合わせ、イメージを作っていくのである。

そのため、そのリライト原稿のなかでは「接続詞」の役割が重要であるらしい。新聞記事を書くときよりもそこを意識するようになったという。確かにAという事実があり、次にBを伝えるときその両者の関係を明確に示さねばならない。「……であり、さらに……ということができます」「……であり、その一方で……です」。確かに、同じAとBであっても接続詞ひとつで伝えたいことが変わるのである。

また、書いた原稿を読む習慣、これも大切。まさに「文字を読む」のではなく「言葉を聞く」のである。それにしてもこのことを教えてくれた記者は実に聴き上手であった。

まさに話し手を「メディア」としてそこから流れる情報をメモもとらずに長時間聴き入っていた。きっと頭のなかでいろんな言葉を接続詞で繋《つな》いでいたに違いない。

39

人生が変わったような気がする

セミナーをはじめ、いろんな場面で多くの出会いをいただく。こういった仕事に就《つ》いていなかったらこんなにも多種多様な人たちとも出会えなかった…つくづくこの職業で良かったと実感する。ごく最近出会った方からセミナー後、メールをいただく。

「昨日、お会いできたことで、私の人生が何か少し変わるような気がしました。今まで出会った女性で、一番魅力的で一番感銘を受けました！　広報力のスキルやコミュニケーション能力を学ばせて頂いたのはもちろんのことですが、女性としての生き方、人としての在り方、経営者として…様々なことにおいて心揺さぶられ、『こんな女性を目指したい』そう強く思った一日でした。ラブレターを書くような気持ちでこのメールを書きました～…」

というもったいないお言葉に私も心揺さぶられた。わずか半日や一日時間をともに過ごしただけで、そんな風に思ってもらえるなんて…。本当にもったいない。

いつも、心の観覧車の話をする。人生はいつも出会いを求めてぐるぐる回っているのだと。新たな出会いがあればそこに発見や感動や学びがあり、人は変わっていける…と。

まさにこの受講生の方のメッセージを通じ、自分の根本を見直した次第。何もできない私であるけれど、少しでも出会う人に良き影響が出るような人になりたいと改めて思う。

40
降りてくる感じ

とある映画のなかで、音楽家のひとりがいい曲ができるときは、何かできた…というよりも、天から降りてきたという感じなのだとインタビューで答えていた。

そう、その気持ちがよくわかる。私も今、その降りてくるのを今か今かと待っている。いろんなものが浮かんでは流れ、流れては消え…なかなかストンと自分のなかに入り、残っていかない。雑念が多く、トンネルのなかにいる、そして出口はまもなく…というところであろうか。

こんな感触も実は慣れたもの。迫りくる締め切りまでに、この自分との格闘がしばらく続く。そう、いいものができるときは、何かに突き動かされてペンが勝手に動き出すのだ。ときどき、降りてくる感じに出会える瞬間は気持ちいい。何か具体的な世界がイメージできたときに、それが現われるような気がしている。降りてくるにもただ待っているだけでは駄目で、そっちのほうへ自分の意識を集中させたり、イメージを具体的に描いてみたり、あっちのほうこっちのほうと思いを巡《めぐ》らすのである。生みの苦しみは、やはりある。

41

山あり、谷ありの「谷」に来たら

人生には毎日必ずいろんなことがある。「人生、山あり、谷あり」とはまさにそのとおりで、大きな山ばかりでなくても、必ず毎日小さな山を上がったり、下ったりして過ごしている。階段もあれば傾斜地もある。

もし、「今が谷」だと思えばそこを折り返しチャンスと思うことにしよう。そしてしっかり地に足をつけて、今、底にいる！　ということを確認しよう。

そうすれば、それ以上落ちない安心感とともに、「よっしゃ！」と這《は》い上がる力が湧《わ》いてくるはずだ。「どん底」は無限に上がれる可能性を秘めているスタート地点なのである、と。

小さな谷に出会うたび、そんな風に思えるようになってきた。もがいていると絶対に道が見えてくる。また自分がいつも山の頂上にいるという勘《かん》違いもしないほうが良い。自分は山にも谷にもいて、大波小波にも揉《も》まれ、動き続けている存在。自分も周りもずっと動いている、変化していくのだ。永遠なるものは何ひとつとしてない。だから今日も山あり、谷ありの一日を走り楽しむとしよう。

42

「ちょうどいい！」を求める人生

たとえば仕事や人生のパートナーは洋服のサイズやお風呂の温度のように、「ちょうどいい」というのが良いかもしれない。「凄《すご》い人ね」「立派ね〜」「かっこいいわね」「頭いいよね」と、人を褒《ほ》めたり認めたりするときには多くの言葉があるが、「ちょうどいい」というのは「私にとって最高！」と同義なのである。ジャストフィット。気が合う、価値観が合う、疲れない、ベクトルが一緒、楽しい…いろんな要因が集まって「ちょうどいい」になる。

そしてその関係は、その人を「その人らしく」してくれるのだ。パートナーとは自分にとって「ちょうどいい」のが最適条件かも。一体になれる存在を求めれば求めるほど、両者はフィットし合っていなければならない。だから近い人とは、美辞麗句《びじれいく》は不要かも。

ふと最近のミーティングで耳にしたこの「ちょうどいい」という言葉は、なかなか味わい深い、まさにちょうどいい褒め言葉である。

43

涙を超えて女子から、女性、人へ

三十代前後の若き女性たちと話す機会をいただく。組織のなかでの自分の立ち位置、今後進むべき方向性など迷いも出てくる世代である。ある程度仕事にも自信と責任が生まれ、そこからいかようにも進んでいける人生の黄金交差点のひとつである。上司や周囲との関係、自分の選択の確認、いろんな話をしていくなかで、一筋の涙が頬《ほお》をつたう。

それは、言葉にならない気持ちが心の汗となって溢《あふ》れてくるのである。浄化作用であるため、この涙は勲章でもある。女性は生まれながらに母なる存在であり、いつまでも子どものままではいられない。周りが良くなるために、また子をもてばその成長のためにカラダを張って生きていく存在である。社会に対する責任感をもち始めたとき、人は「女子」を卒業すると思う。大人の女性は、性としてのオンナでなくかけがえのない一人の人間として生きようと自ら道を拓《ひら》く。涙を流すその先には、新たな大人への道も階段もあり、それはその人を大きく成長・進化させてくれるのだ。

年下の皆さんと話をするのがとても好きである。彼ら彼女らが自分を踏み台にしてくれるとうれしいと思うのである。

44

毎日が本番！

講演・研修・演奏・打ち合わせ・会食…日々、カタチは違えど、いろんな方に会わせていただく機会がある。どんな個別な面談であっても、心地良い緊張がある。相手に無駄な時間を過ごさせてはいけない…まずこれが基本。そのために一番気をつけることは自己管理である。

たとえば、地方での一日。ライブトークショーとラジオ収録がある。その企画は自分がいないと実現しないものである。自分のために人が集まってくださったり、ゲストが無理して時間を割《さ》いてくれる。もちろんそれぞれの仕事には主催者もそれに関わるスタッフもいて、その人の責任を考えるのも当然のことである。もし体調を崩したり、喉《のど》の調子が悪いというのは「絶対に許されない！」と思った瞬間から背筋が伸び、前日よりスタンバイ状態に入る。

とにかく、カタチは違えど毎日が「本番」である。その本番後の一杯であったり、電車のリクライニングシートであったり…お楽しみリラックスイメージをちょっと頭によぎらせながら、「よっしゃー！」と衣装と資料をもって元気に電車に乗り込むのである。

45

「へとへと」の先にあるもの

セミナーでも、公演でもその直前まで頭にあった他のことをすべて忘れて、時間内はそのことだけに集中する。いつの間にか「集中、集中」と自分に言い聞かせる習慣がついた。集中することで、ない頭も小さいカラダもフル回転になる。そして終わる。気がつけば、とくにカラダを使う演奏の場合などは全身汗だくのことが多い。拍手をいただいたり、いろんな言葉をかけていただくことで、その直後はしっかりしているが、控え室などへ入ったとたん力が抜ける。

先ほどまでピーンと張り詰めていた緊張の糸が切れて、ぐったりする。着替えをするのも一仕事。でもそこで休むわけにはいかない。そのまま荷物をもって長距離移動。やっと乗り込む電車のなか、疲れきった頭と体は逆に自分を休ませてくれない。「へとへと」なのに、テンションが再び上がってくるのである。

お客様や受講者の皆さんの声や顔を思い出しては、「良かった良かった」「ここをこうすればもっと良かった」とひとり反省会をし始めるのである。疲れ果てると、妙に次なるパワーが湧《わ》くものである。「へとへと」になるまでやり切るのはある意味心地良い。もちろん毎日続くのは回復が追いつかないため、やめておこう。

46

「受容」もコミュニケーション力

生き残るために伝える力を習得する、プレゼンテーション力を磨《みが》くことに余念がないのが最近のビジネスマンの傾向であるが、「おれがおれが」「自分が自分が」「わたくしが〜」と自分のことばかり発してもコミュニケーションがうまくいかないような気もする。滑《なめ》らかすぎる自己満足的なオーバーコミュニケーションは聞き手を疲弊《ひへい》させることもある。いつまでしゃべっているのかな〜、早く終わってくれないかな〜と思わせたら危険信号である。

日々のコミュニケーションで最近つくづく思うのは、聞くことの大切さ、難しさである。相手の方が一生懸命にただ語られることも多い。そんな場合は話についていくのがしんどいこともある。何をいわんとされているのか思考回路をぐるぐる辿《たど》りながら、一生懸命に聞きながら相手の方の満足のタイミングを図《はか》るようにする。

いっぱい話したい人は話すことで頭の整理をされたり、心の浄化をされていることも多い。そして聞いてもらえることが幸せであり、安心であり、自分の確認にもなる。人に聞いてもらえることで迷いがふっきれることもある。

ちゃんと聞ける人、気持ち良く相手を聞き、認めることができる人はきっとあとで福が巡ってくるような気がする。人が自分にいっぱい話してくれるということは選ばれている証拠だから、しっかり「聞かせていただきます」。それには日頃から自身の器を磨いておくことが大切だ。

47

ひとり何役、1日何役の愉しみ

早朝から書き物・調べ物・調整・連絡…といったデスクワークを済ませ、昼食もそこそこに、午後から病院での演奏ボランティアに向かう。そこで待つ何十名の患者様たちに向かって、赤いドレスで歌い、弾き、話しかけ、盛り上げ、汗びっしょりになりながら、「元気、元気、感動、感動」と心で叫び回復を祈る。演奏開始直後には硬直し、うつろな表情であった患者様が、1曲・2曲進んでいくうちに表情が変わり、演奏が終了する頃には、一般の人と変わりない対話ができるようになる。その変化を見届け、余韻《よいん》を背中に感じながら、演奏が終わるやいなや、着替えを済ませ駆け出し、最寄《もよ》りの駅から電車に乗りこむ。

さぁ、次はマーケティングの勉強会。車内でバッグから資料を出し、電車のなかで頭のチャンネルを切り替え、話す中身を整理する。そして訪問先の企業で予定どおり開始。「間に合って良かった!」。一年続いた勉強会の最終回は感慨深い。力も入る。若い人たちがこんなに成長したんだ! 大きくなったな〜と、うれしく発表を聞きながら、話をまとめ、勉強会の最後にもサプライズで歌を歌う。そして、その仲間たちとの懇親会会場へ向かい、美味《おい》しく楽しい時間を夢と希望に燃える若者たちと過ごす。そして最後にお花のプレゼントをいただき、まさにサプライズのお返しをいただき、記念撮影…。無事にその日の外交プログラムが終わる。

今日は一日何役だったか。いろんな役を演じることで、そこから導かれる真理も見えてくる。ひとり何役もできる生き方、もっといえば毎日いろんな役を演じることができる生き方はやはり面白い。しかし、一日何役もこなした日こそ、眠りつくときには「無」になる。毎日がありがたい。さあ、今日はどこでどの役?

48

命を振り絞る生き方

数年ぶりにお会いしたアーチストのチャリティコンサートに顔を出す。絵も描けば、バイオリンも弾《ひ》き、おまけにバイオリンを作ってしまうというマルチなタレントをおもちのMさん。最近の音はどんなだろうかと会場に足を運ぶ…。予想どおりの深く、まっすぐで、清らかな音色《ねいろ》。年を重ねても変わらぬ少年のような純粋さ…。このメロディにのって、ついこの方の人生はなんだろう、人の表現とはなんだろう、真の芸術家の生き方とは…と自分のそれと重ね合わせながら聴き入っていた。

私のような半端《はんぱ》な生き方でなく、芸術とともに、芸術のためだけに純粋に生きているその姿勢に頭が下がる。そして、その美しい音色、その音を放っている、自らペイントされたカラフルなバイオリンに、なんともたとえようのない「凝縮された命」を感じる。この方はすべての表現に命を振り絞っている。ぎゅっと絞られているから濃い。

人は命を振り絞ると最高のパフォーマンスをしながら、魅力を放つ。どこにも属さない生き方を貫いておられる姿に感銘を受けると同時に、早いうちにコラボしなければその命も永遠でないことを思ったりする。そのうちそんなに遠くなく…実現させると決意。共通のレパートリーがあり、バイオリン一本で奏《かな》でる『愛の讃歌』と『エルチョクロ』も拝聴…私のそれと違い線がこまやかでやさしかった。

49

勘違いは命取り

大したこともできていないのに、やっている・できていると自惚《うぬぼ》れたり、ちょっと褒《ほ》められたからといっていい気になってみたり、自分が作った組織でなくそこにいさせてもらえているだけなのに自分が作ったような気になってみたり、肩書きがあるからといって凄《すご》い人間だと思ったり、ちょっと実績が出せたから自分は不滅だと過信したり、自分のしたいことだけ追求してその過程でお世話になった人をないがしろにしたり…。とにかく反省しなければならないことが多い日々のくらしである。

我は何者であるか…と考えれば決して何様でもなく、単なるひとりの人間、ちっぽけな存在。それなのに、人はときどきその環境で勘違いをしてしまうことがあるようだ。決して、人を下に見たりしてはいけない。役割に違いはあっても、人に上下はなく、もっといえば、生きさせていただいているこの身は、そういう意味でも常に謙虚であるべきだと自分自身を振り返りそう思う。

勘違いをし続けると、きっと本当のことが見えなくなったりしていくようが気がする。いつも本当のことが見える人でいられるように努力したい。さあ、もう一度、足元をしっかり見つめよう。本当に偉いとは何か？　本当に素晴らしいとは何か？　常に「本当は？」「これで良いか？」を確認しながら、前へ進みたい。

50

憂国を越える

最近お会いした何人かの方が、「今の日本はもうだめだ」「アメリカ資本主義に毒されている」「明治の日本は良かった」「どうなっちゃうんだ?」「外側だけキレイ・豪華にして中身空っぽな奴が多い」「日本の伝統工芸はもう廃《すた》れていくだろう」…と表現は違えど、いずれも今の日本を嘆《なげ》き、悲観した発言をされる。人間があまりに利便性・効率・快適を求めた結果が今日の姿でもある。

確かにそんな現状のなか自《みずか》らを見失い、迷い惑う人も少なくない。だからといって、この先も生き続けるのだから、嘆いているだけではなんの解決にもならない。人のせいにしていても仕方ない。だから、個々が自分の人生を自信をもって生きられるように、気づいた行動をしていけば良い。周りに困っている、迷っている人がいることに気づけば、「こっちだよ」と道を示してあげれば良い。

若者たちは、私より長く生きていくのだから、彼らが人生は確かに良きものだと実感できるように手を差しのべ続けたい。

ある二十代の女性社員から「どうか、十年後に向かって私たちの会社がもっと良くなるために支え続けてください」とメールをもらい心が震えた。そこに憂《うれ》いはない。前進あるのみだ。憂いを越えて、潤《うるお》いを求め続けたい。

51

あなたを思わない日はない

自立した人間、自分の夢を追求する人は、私にとっての憧《あこが》れであり、目標である。大好きなエディット・ピアフ同様、憧れの女性ココ・シャネル。彼女の生き方を映画で再び学ぶ。告白されても、自立するまでは結婚はしない。男性支配の社会から解放される女性を応援する仕事に心血を注ぐ。その波乱万丈の半生で、彼女は生涯の愛人に出会う。その男性からの告白に、「あなたを思わない日はない」という言葉があった。人は誰かに思われて、仕事もなんでもがんばることができる。豪華《ごうか》なプレゼントをいただくことよりも一番大切なことはこのことである。

「あなたを思わない日はない」…なんて素敵《すてき》な告白であろう。そんな人に出会うために人はいつも人生の旅をしているように思えてならない。自分をいつも見守ってくれている存在がいれば、それだけで人は気丈《きじょう》に、自信をもって生きられるのである。

シャネルが創った衣装《いしょう》をまとったことはないが、香水やリップ、マニキュアの放つ力に、自立した女へのエールを感じているせいか、新作が出るたびに楽しませていただいている。

52

自分ブランディングを

ブランドとは、「これはまさにこれである」といえる、卓越したモノのこと。そういえるものを他と区別するために刻印・焼印をした…それがブランドの始まりである。言い換えれば、作り手の強いこだわりとアイデンティティ（独自性）がなければ「ブランド」にはならない。

ブランドはまずブランドありきではなく、それを創る人の生き様そのものであり、それを受け継《つ》ぐ人たちの生き様・誇《ほこ》りとともに伝承されていく。看板やロゴマークだけが一人歩きするのではない。

そして実はこのブランド発想は、商品や組織だけでなく、一人ひとりにも当てはめることができる。自分のこだわりは何か、夢と行動はどうか、独自性があるか、自分らしさを生かせているか…その人しかできないことをやり続けていったときに、その人自身がブランドになる。

たとえばイチローのような選手。物を生み出さなくても、常に挑戦し、人に夢と勇気を与える存在。こういった人はブランドになり、いつしか伝説になる。

なかなかそこまで突き抜けることは難しいとしても、日頃から「自分は自分らしく生きているか」を少し意識して、ひとりの存在として充実人生を過ごせるよう、自分ブランディングを心がけていたたい。

53

「リーダーとは？」16歳からの質問

甲子園での若者の活躍に日本の夏が沸《わ》いている。学生の夏は充実している。わが姪《めい》っ子の場合は吹奏楽部。毎朝六時半から練習に出かけ、全国大会を目指し、厳しい練習を続けているようだ。そして夏の締めはアメリカの社会人吹奏楽部との交流演奏だとか。時代は変わったと思う反面、変わらないのは部活に打ち込む真面目な学生の姿。初渡航する彼女へ初めて書いた一通の手紙。

「海外遠征をかけがえのない体験にしてほしい、両親に感謝してほしい、音楽は国境を越えるコミュニケーションの道具だから、素晴らしい文化交流をしてきてほしい…」等々手書きで綴《つづ》ってみる。

携帯世代の彼女には、この手紙を受け取ることは「凄《すご》くうれしい」ことだったようで、お礼メールが届く。そしてその最後に質問が。「一年生ですが、チームのリーダーになりました。まあちゃんにとって、リーダーで大切なことはなんですか?」おお、こんな質問が出るようになったとは成長したものだ。

「リーダーってLEADという意味からきているから、皆を目標に向かって引っ張っていく人だね。リーダーが前向いて一生懸命やっていれば皆が背中を見てついてくる。そんな真面目さが大切かな。信頼できる人には人がついてくる…だから、やっぱり真面目にがんばってね」…十六歳にどう理解してもらえたのか?　高校時代から人は社会人に一歩ずつ近づいていることをあらためて実感する。がんばれNIPPONの高校生!

54

どこでもいつでも「笑顔先行」

気がつかない間にというか、この半年一年間で、いわゆるあの「ほうれい線」という口元の皺《しわ》がくっきりはっきり見えるようになってしまった。オーマイゴッド！　しかし、これは年を重ねた勲章と「豊齢線（戦ではなく）」と勝手に命名し、その皺にもつきあうことに慣《な》れてきた。

なぜ、ここに皺ができ、跡がくっきり残るようになってしまったか…のわけは「笑顔先行」である。いつでも、どこでもなぜか笑った顔を心がけている。いろんな仕事の本番前など、トイレの鏡を見て「よし！」と確認もしているので、まったくの無意識とはいえない。笑う意志で笑っているうちに、自然にそうなったというか…。おかげで、その「しわくちゃ笑顔」が人様の記憶・印象に残ることもたまにはあるようである。

海外にいるときでも、ニコニコしているとまずは損がない。一見、怖《こわ》そうな大柄な黒人の警備官にも「HELLO！」と笑って呼びかけたりしてしまうと、思わず相手も目を細めて「HEY，HOW ARE YOU？」なんて聞き返してきたりする。相手が気を抜くのかどうか、まず怪しい敵《てき》とは思われないようだ。

また先週のセミナーでどなたかが講座後のアンケートに「講師が笑顔で厳しいことをいっていたのが印象的だった」ということを書いておられて、笑顔というのはとにかくいいものだと再確認。

「笑う門に福来る」は真《まこと》である。その代償が冒頭に書いた「しわ」なのである。でもここに皺寄せが来たのでなく、まさに「しあわせ」が来るのだと、楽しむことにするのである。

皆さまも、「笑顔先行」で素敵な対話をお楽しみあれ！

55

「らしさ」の難しさ

春から始めたラジオ番組もなんとか数回の放送を無事終えた。素人《しろうと》の自分を新たなステージに導いてくださった仲間に心より感謝感謝である。

さて、実はまだこの仕事に慣《な》れないため、あらかじめ話したいことをシナリオにし、それをもとにやっている。ゲスト対談などは原稿なしでも、聞き役ができるのであるが、一人語りはまだ自分らしく話せているとはいいがたい。番組を聴いていただいた知り合いからは、「もうひとりのあなたのようですね。別の顔をおもちで」といわれることが多く、おそらく声の出し方も言葉使いもラジオだからと、かなり意識してやってしまっているのであろう。「今尾さんらしさをもっと出したほうが良いのでは」というご意見もいただき、それは確かに正しいご指摘で…。本人はまだ時間内でなんとか収めることで精一杯だったりするのである。また決まった時間のなかで、伝えたいことが満載で…。そこも力が入っている証拠。とにかく、いろんな意味で「自分らしさ」について再確認するいい学びの場をいただいている。

「自分らしく」とは、無理せず自然にできることであり、「こうあらねば」という意識が勝《まさ》っているうちは、自分らしくなかったりする。しかし、意識してああしよう、こうしようと気張ってしまっている自分も、ある意味「自分らしい」のかもしれない。

相手に迷惑をかけることなく、自然に「自分らしく」生きることができるとしたら、それは素晴らしい才能かもしれない。毎回、次の収録を前に、「自分らしさ」との格闘になりそうである。自分らしく演じることが芸人の道？　うーん、意識して無意識を見せるようなものので、かなり難しい道で、ゴールもなさそうである。

56

用途かデザイン性かステイタスか？

自分の所持品にしばし疑問が湧《わ》く今日この頃。がんばったご褒美《ほうび》なのか、あとになると何かよくわからないが、ときどきゲットしてきたいわゆるブランド品たち。もちろん素材が良い、デザインが良い、ということで愛用してきた。ところが、たとえばバッグ。最近ではエコバッグのバリエーションも増えて、機能・用途面だけでなく、デザイン性もなかなかのモノを見かけるようになった。前者は云万円、後者は何百円。後者はもともとお店での包装資材を減らそうという主旨から生まれ、商品というよりも社会貢献型有料ノベルティ的なモノであり、そのためお値段も実費程度である。

こんなに安くて、軽くて、カッコイイおしゃれなエコバッグたちが出回ると、おしゃれをしたお出かけや仕事にもこれらを利用することになり、かつてのブランド品たちはいつ活躍するのだろう？　ふと気がつけば、使いやすい楽なものを使うようになっている。高級感の必要性は何か？　と改めて自問する昨今。

自分自身がちゃんとしたブランド的人間であるならば、本来所持品はなんでも構わなくなるものなのだ。自分のなかで、モノに対する価値観が変化し続けていることに気づく。その変化を楽しみ、そのとき自分が最適と思う選択をすれば良いのだ、と過去の行動・選択の言い訳もしておくことにしよう。

57

共感多き、HAPPYDAY

ラジオの収録で、ゲストのタクシードライバーさんへのインタビュー。「どんな出会いがあるか毎日楽しくてわくわくするんです」。その方は毎日車内に新鮮な花を飾り、朝夕で流すクラッシックの曲目を変える…ほどの気配り、おもてなしの達人。その仕事に対するまっすぐな姿勢に頭が下がると同時に、自分のことを幸せだと言い切っておられる点に大いに共感する。

私もこのような素晴らしい方たちと出会えることに幸せを感じる。引き続き、その後、移動中に読んだ新書も私に幸せを与えてくれた。久しぶりに、途中でページをめくり飛ばしたくない本であり、素直に共感できる内容であった。それは、「情報創造」についての著作であるが、情報は自分で加工・活用できてこそ意味がある。いろんな情報をＩＮして、目的に合わせて情報創造（ＯＵＴ）できる人こそがマーケッターなのだという。

日頃より情報の質・受発信者双方の質の低下が気になっていたところ、この切り口は大変共感できるものであった。いずれも「本質は何か？」というところに目が向いているかが共感のポイントである。

本質と向かい合ってまっすぐ生きている人に出会うと、その一日はとても幸せになれる。

58

わがままな消費

ほしいものを直接ネットや電話で注文する。一方、店舗へ行って商品を見て選ぶ。気がつけば「買う」という行為には本当に多くの選択肢が増えたものだ。

半世紀前の日本は、世界はこうではなかった。モノがほしければ近所のお店に行く…そこで手に入るものだけが生活用品の全てであったという時代が、今となってはなんとも懐《なつ》かしい。そしてテレビで見る生活や商品に憧《あこが》れるという感覚も忘れかけているようだ。

今はキーを叩けばなんでも世界中から手に入れることができる。気分転換をしたくなれば、売り場に遊びに行くこともできる…。

デパートはＷＥＢでのショッピングと違う世界観を楽しめるのが魅力であるため、個人的には好きである。しかし、デパートで見つけた商品。そこの売り場の雰囲気であったり、販売の仕方が自分に合わないとそこで買うのが面倒になり、店で買わずに帰ってから通販で注文することもある。商品の良ささえわかれば、あとはストレスのない買い方を選択してしまうという現実…。その点はちょっと反省もあり、本来の買い方ではないと思いたい。

本当はお互い顔が見えるのが良い。その人に会いたくなる、その売り場に行きたくなるのが良い。そこから直接伝わる何かで動かされる瞬間が、お客にとっても面白かったりするのである。しかし、現実には売り場に行けば次々と新商品を紹介されるのが煩《わずら》わしかったりもするのである。モノも手法も選択肢が多すぎる現在、売る側も買う側も安易でわがままになっている一面もあるのかもしれない。

ちょっと時計を四十年ほど前に戻してみたい。１９７０年代のフランス映画を観ていて、ふとそんなことを考えてしまった。

59

ときには、デジタル休日も

突然メールが不通になった夜。慌《あわ》てて必死でなんとかしようともがき、調べ疲れて眠るが、再び気になり未明からまたもがく。今やメールができない環境は自分にとって公私ともに深刻な事態であり、このネットという存在がいつの間にか世間と自分をつなぐ動脈のようになっていることにも気づかされる。

まず、そのときなぜ慌てるのか。なぜつながらなくなったのかの原因が不明だからだ。どうしよう、何したんだろう、このままずっとつながらなかったらどうしようと焦《あせ》る。

しかし結局、その原因がわかると心落ち着きひとまず安心。「じたばたしても仕方ない、元どおりになるまでゆっくり待とう」ということになる。いつも動いているものが止まる、いつもあるものがないと確かに困る。が、そんなときこそ自分を切り替えるのが良さそうだ。今やデジタル漬《づ》けの毎日になっている。だから、こんなときにデジタルなしの暮らしを振り返るのも良い…としばしパソコンを見ない時間を過ごしながら、次のブログのことを考えている…ということでは意味がないが…。

ともあれ無事復旧できて良かった。電気水道ネットがインフラのわが日常ではあるが、それにおぼれず慌てない、デジタルＯＦＦの時間も大切に。

60

「顔づくり」のすすめ？

テレビを見る理由は（最近は減ってきたが）、普段会えない人物の顔を多く見られていろいろと参考になるから。

ニュースキャスターの顔、政治家の顔、経済学者の顔、芸能人の顔…。ぱっと見て、この人のいっていることは信用できそうか、もしくはこの人を応援しようという気持ちになるか。もちろんその顔が発している声、話し方…も込みである。

人はその環境でどんな風に生きてきたかにより、その「顔相」が変化する。またいいことを考えると、顔も良くなるし、悪いことを考えてばかり（たとえば私欲に絡《から》むことなど？）いると形相が悪くなっていく。顔は「毎日創られる」のである。

自分は見られているという自覚のもと、どんな自分でありたいか…を意識することで顔も良くなっていく。もちろんそのときは、見かけだけでなく、良きことを考え実行するようになるはず。生まれながらの造形は手術でもしない限り変えられないが、そんなことは不要であり、もっている自らの魅力を活《い》かしながら、よりいい顔になることができるはずである。

とにかく第一印象は顔。コミュニケーションの世界が広がるか、閉ざされるかの鍵《かぎ》でもある。

61

スキルがお好き？

近頃の若手ビジネスマンは勉強熱心。書店では「○○で○○ができる○○術」「必勝○○営業法」などのタイトルの本がずらり並び、かと思えばそれらのテキスト（バイブル？）のみならず各種勉強会も花盛り。最近では夜の勉強会だけでなく、朝型のセミナーにも人が集まっているとか。もっと勉強しなくちゃやっていけない！　もっとしなくちゃ数字が作れない、上に上がれない…さまざまな問題意識から人は学び始める。最近気になることは、「スキルがあれば勝組」という風潮がありはしないかという点。確かにプレゼンも、英会話もうまいほうがいいに決まっているが、いくらスラスラ話ができて、パワポを駆使した一見見事なまでの完璧《かんぺき》プレゼンといってもそれほど感動もしないし、かえって何か底の浅さや薄っぺらさを感じることも。

スキルはテクニックであり、戦いならば勝つための戦術であろう。この世で生き抜くためにそれを習得するのは良いが、もっと前に大切なことがあることを忘れずにいたい。

それは戦術を必要とするその本来の目的、考えである。戦術に対しての戦略。ただ、この「戦《いくさ》」という言葉も今の時代にふさわしいかどうか？　は要検討。どう生きたい、どんな仕事をしていきたい、それを成し遂げるために「営業をがんばる！」というのであれば、ここで学んだスキルは大いに生きる。マインドなしのスキルはどうも人真似《まね》と変わらないのだ。

金太郎飴《あめ》のビジネスマンは魅力がない…。若い人たちがスキルばかりに必死になるのはとても危険。また本来のスキルとは即席では身につかないもの。いっぱい経験し、恥《はじ》をかいて、先輩や上司の背中を見てようやく習得できるものでもあったのだ。

62

消費リタイアしたいとき

次々と新商品が出続けて、それに対し毎度毎度「ほしいわ〜」と思うのは、はたして大丈夫だろうかと思う。もう生活には必要な情報もモノも充分すぎるほどなのに、それでも毎日多くのリリースが配信され、商品が発売され、売り場の回転はどんどん速くなり…。生活が豊かになるためのモノたちが今日も手を変え品を変え世に登場している現状。

もうそろそろ、新商品見るのも飽《あ》きてきたな…と思うこともしばしば。カタログやメールマガジンにももう満腹、と思うのは私だけか？ 余計なものを買わない、生活をもっとシンプルに…と思う消費者も増えているはずなのに、送り手と受け手に繰り広げられる熾烈《しれつ》な戦い。

なぜ人はずっと新しいものを追い求めるのか？ 日本人に代表されるアジア人だけなのか。いつまでもブランド品に、新しいものに目がないありがたいお客…。新しいものがなくても幸せに生きていける、とそろそろ「消費リタイア」したい今日この頃。

しかし売り場へ行けばまたほしくなるし、送られてくる季節のカタログを見れば興味が湧《わ》く。うーん。マーケティングはまさに心理戦だ。どっちの立場にいても粘り強さがなければ負けてしまう。この事態を決して良いと思ってはいない…。

いつまでこのように作り続け、売り続け、買い続けるのだろう…。

63

情緒を大切にしたコミュニケーション

先日担当したセミナーでのこと。「情報とは?」という話題になった際、ある方が「あ、情報ってよく見ると『情け』って書くんですよね」と気づいてくださった。そう、そのとおりなのだ。人の気持ち、意志、思いが込められた発信こそが「情報」であり、だからこそ人の心を動かすことができるのだ。

現在、悲しいかな発信者の顔や思いをどこかに置き忘れたインフォメーションが町にもネットにも溢《あふ》れている。私は、「インフォメーション」ではなく、「インテリジェンス」を投げかける発信こそが叡智《えいち》ある仕事ではないかと確信している。受け取った人が何かに気づいたり、発見したり、感動したり、元気になったり…そのきっかけになる情報こそが意義あるものだ。

そんななか、久しぶりにうれしい広告に出会った。ああ、あの頃はどんな時代だったろう、そんな時代にタイムトリップしてみたい…と人に夢を抱かせる広告。こんなところが新しくなりました…といったこれでもか的なスペック広告とは違う。

受け手を大切にする広告。感動や発見があり、元気になったり、つかの間幸せになれる発信。送り手の仕事は今、これこそが大切なのである。

64

日本人としての誇り

外に出てみると「うち」のことがよくわかる。外国の人からの、日本のモノづくりの精巧さ、日本人の賢明さ、勤勉さへの評価は高い。初対面の場合も「ＯＨ！ ＴＯＹＯＴＡ」とか「ＯＨ！ ＳＯＮＹ」とかそんなキーワードで仲良くなったことがこれまでにもよくある。隣国などとのやりとりで騒がしいときもあったが（余談であるが、当ブログもその隣国では読むことができない、遮断《しゃだん》されているそうだ…）、こんなときこそ、日本人としての誇《ほこ》りを忘れず、冷静に対応するということを貫《つらぬ》いてほしい。

最近の日本の若者は自分の国に誇りを、自信をもっているだろうか？ すでにモノ豊かな社会に生まれ、育ち、いろんなことが当たり前だと思っていると、なかなかその根本を見直す機会をもてないかもしれないが、日本という国はこんなに素晴らしいのだと実感する機会をもっともつようにしたい。さまざまな優《すぐ》れた技をもつ職人が、しくみづくりのパイオニアたちが、豊かな表現力をもつアーチストたちが…日本には多数存在している。

国の力は領土の大きさや人口ではなく、その質であるということを今一度、自分たちが確認する必要がある。もっともっと外に出よう。そうすると日本人としての誇りをもてるようになる。そして、自分自身にも誇りをもてるようになる。国は質。個も質。

65

チカラは「地から」湧く

素人《しろうと》ながらに昨今の世界情勢を見ていると、国家同士の「外交」にはまさに優《すぐ》れたコミュニケーション力が不可欠だと実感せざるを得ない。また各国の主張を見ていると「力」というものについても考えさせられる。「力づく」の外交は真の理解を得ることが難しく、ときどき滑稽《こっけい》なのに危険で、周囲が大迷惑をする。

一方、主張が弱いと見える外交は、「政治力」がないと思われ信頼を落とす。

「力」とは何か。すべての存在が動き、生きるための源である。だから人間はいろんな力をつけようと努力する。力がないと自分で生きていくことができないからである。力とは具体的には何か？　腕力か？　生命力か？　知力か？　経済力か？　もちろんどれも備わっているほうが他者をも動かし、思いどおりに生きられる。

しかし、その力を必要以上に誇示し、主張し続けると周囲が離れていくのも時間の問題だ。本来の力は、黙っていても地が動き出すような、気がつけば目的地についていた…そんなものではないだろうか。そのために、日々細かなことにも気を配り、信頼関係を大切に育んでいくことである。

そもそも力とは、自己の利益のために発揮するのではなく、人の役に立つために備えるもの。力は頭からではなく、日々の豊かな経験から、足元から湧《わ》いてくるのである。

66

情報発信の意味と意義を今こそ

毎日毎日、それはそれは多くの情報が届けられる。メールマガジン、DM、町を歩いても電車に乗っても…。

日本は東京は情報の洪水の街になっている。そして悲しいが、思わず目を閉じたくなる情報が多すぎる。ジャーナリストという職業の方たちが発信されているもののなかにも、コピーライターやデザイナーたちの表現であっても、あるいは一般の人々の書き込みであっても…つい「それがどうした」と思ってしまうことが多いのである。「へえ、そうなんだ～」「なるほど!」と思わせてくれるものがどんどん少なくなり、「どうでもいいこと」や無責任な顔の見えない自己主張、誹謗中傷《ひぼうちゅうしょう》…に貴重な資源や労力が割《さ》かれて、なんのために発信しているのかな～と思うことがある。そんななか受け手も溢《あふ》れる情報に麻痺《まひ》しているのではないか。病気にも流行があるのか最近ではどんどん新しい病気が生まれ、情報により啓発され、なんだかその病気になっていないと時代遅れのようなそんなおかしなムードもある。

情報に振り回され、本来しなくてよい心配、行動、消費をしている、それが新たな経済活動を生んでいる?…。日々の暮らしに疲れていると、情報に無意識に触発され自分を見失うことがある。なんでも鵜呑《うの》みにする前に、自分をしっかりもっていないと日本人は退化していくのでは…と感じる今日この頃。そんななかで、キラッと、ふわっと、あるいはずしんと、人の心に届く発信・交流ができたらいい。

あくまでも、情報は「情」が報じる、まさに「私という人間」こそが発信するメッセージであるべきなのだから。

67

誰に出会うかで、変わる人生

ある社長さんとの対話。

「自分が今日あるのはうちの奥さんのおかげなんです。人は変わらないといわれますが、変われるんですよね。自分は生きているのではなく生かされています」

人は生きた時間のなかで、どんな人に出会うことができるかですべて決まる…といっても過言ではない。最近、ある若き起業家に「出会いがすべてなので、いい出会いを大切に生きてください」といったら、「へえ、出会いがすべてなのですか。じゃ、この出会いを絶対に大切にします」…という言葉をもらったばかり。

どんな親の下《もと》に生まれたかに始まり、その後、どんな人との出会いを経《へ》てきたかにより、その人の性格は変わってくる。今の自分といえば、本当に素敵《すてき》な人との出会いをたくさんいただき、幸せすぎる「今日」を生きさせてもらっている。

出会い…そのなかでもっとも大切なのは、一番身近な存在となる人との出会いであろう。今、当たり前のように日々ともに暮らし、空気のごとく接している人でも、最初はその人との出会いがあったはず。その瞬間の自分の運命や選択に感謝したい。

それにしても、自分は生かされている…と話せる人のお顔の表情はなんときれいでやわらかいのだろう。自分もそうでありたい。また素敵な方と出会えた。とてもうれしい。

68

「いいとこ探し」は伸びる道

点数をつけて定量的に優劣を決めたりすることもあるが、その相対性はあまり意味がないことを、今の教育の結果が物語っているように思える。本当にその人を育てよう、伸ばそうと思うならば、まずは「いいとこ探し」。人のいいところを探そうとするのは、悪いところを探すよりも、よりきめ細かな意識が必要かもしれないが、その習慣作りは良いことづくめ。

人を褒《ほ》めたり、認めることができる人は、人の懐《ふところ》に飛び込むこともできるだろう。コミュニケーションもうまくいく。相手のいいところ、凄《すご》いところを本人に伝えてあげると、その人は前向きになり、やる気も湧《わ》いてきて、さらにパワーアップしてがんばれるものである。

子ども時代よりも、大人になるともっとしなくなっている「いいとこ探し」。それをすることで今の世の中はかなり変わるはず。人の「いいところ」を探す、そして自分の「いいところ」も意識する…と今日一日がまた新しく、楽しくなってくる。

69

静寂な時間をもつこと

喧騒《けんそう》のなかにずっといると、自分との対話を忘れがちになる。一流になるには、その道に没頭する熱い自分がいるだけでは駄目で、もうひとりの自分がいつもそばにいることが大切だ。もうひとりの自分とは自分をずっと見ている自分だ。その自分に向かい合うためには、ときどき、静かな時間をもつようにすることが大切だ。

たとえば、京都の寺社にある庭園でのひととき。長い歴史のなかで大切に育《はぐく》まれ、人々を見守ってきた木々や石を前にして秋の空を仰《あお》ぎながら、心きれいに自分と対峙《たいじ》する。

そのとき、まさに自分はさまざまな関係のなかで生かされていること、何千年もの遠い過去からつながっている歴史のその延長線に自分が今、こうして存在している不思議と、ありがたさを実感する。

偉大なものがそばにあれば、人は自然と謙虚になることができる。

喧騒が当たり前になると、人は自己中心になっていくのかもしれない。

静寂《せいじゃく》のひとときは心のゆとりを生み出し、人を内面から育んでくれるのだ。

70

即興力を身につける

何年か前に録音したライブの音源を久しぶりにチェックしていると、「何？　これ？　誰の曲？」という曲に出会う。どこの誰の作品でもない、他で聴いたことのない、そして、そのとき以降も聴いていない曲だ。どうやら、その当日、思いつきで弾《ひ》いたものがそのまま録音されていたようだ。なんだかちょっとお宝を見つけたような気分にもなり、何かで使ってみようと思う反面、当時のその瞬間に身から流れ出た音を偶然にも録《と》っておいて良かったとうれしくなる。こんな混《ま》じり気《け》のないキレイなメロディをそのとき弾いたのか〜と思わず目を閉じ聴き入る。録音機がない時代の作曲家たちの作品に「即興曲」が多数ある。たとえばショパンにも多くの同タイトル曲があるが、あれはどうやって残されたのか興味津々《きょうみしんしん》。その場で浮かんだものを瞬間的に誰かが写譜できたのか？　いや、あんな難曲を瞬間に写せるわけはない…など、どこまでが本当に即興なのかを知りたくなってしまう。

私自身の即興とは弾くと同時に消えていくものだ。それを今、聴き直してみるとなんの意図もなくメロディが脳で生まれて、そのまま勝手に指先から流れていき、音として出て初めて耳に入り、確認しているような不思議な「創造のサイクル」を感じる。子どもの頃から即興が好きであったことを思い出す。どこかで聞いたような、しかもどこにもないものをその場で勝手に弾いていた。ジャズでいう「アド・リブ」とは「自由に」の意味。人生そのものはアドリブではいかないけれど、できればそうありたい。なぜ人々がジャズが好きかといえば、自由であり、そのときその場面での新鮮さがあるから。改めて「即興力」について興味が湧《わ》く。人がその力をもっと身につければ、コミュニケーションも豊かになる。即興力を習得するために何をすべきか…ちょっと考えてみよう。

71

言葉の要らない関係

何も言わなくても相手の思うことがわかる…という関係はとても理想的。また、あまりうまくない表現であっても通じ合う関係がとてもいい。

「こうすれば通じる、うまく伝わる」といったコミュニケーション術を提供するサービスが各種あるが、特別の手段も必要とせず、それに頼ることなく伝わっていくのが本来の人間関係であるように思える。

未知なる相手に、データやツールを駆使《くし》して、一生懸命伝えようとする。これはビジネス上、大変重要であるが、長いつきあいに発展するきっかけは、データや技巧そのものではなく、その人の人間性であったり、感性であったり、努力であったり、「キラッと」内側から光る「何か」であることが多い。そこから「この人だったら…」と信頼関係が生まれてくる。人を信じることなしに、その人がいうことを信じよというほうが無理があるかもしれない。

もっとも大切なことは、「この人であれば、なんでもOK」と思ってもらえる「人としての関係づくり」。多くを語らなくても何がしてほしい、何をしたい…がお互い伝わると、とても幸せである。

余計な言葉の要《い》らない関係を増やしていくこと…それには日頃より自分の存在を認めてもらう地道な努力が大切である。

72

ストレスは新たなパワーになる！

生きていれば、いろんなトラブルや悩みが出てくるもの。突発的なことももちろんある。そんなとき、どうしようどうしようと一人悶々《もんもん》とすることなく、周りの誰かに聞いてもらえたり、相談に乗ってもらえたりできることは、本当に救われる。

おかげさまで、何かあったとき、親身になってくれる人たちがいてくれて、すぐに頭を切り替えることができる日々を有難く思っている。

そして、聞いてもらうだけでなく、ヒントもいただくことで、新たな道も開けてくる。悩んでいるだけでは何も解決にならない。じゃ、勇気をもって前に進もう、それしかないと思っている。

ビジネス上のこと、家族のこと、将来のこと…生きていると本当に課題がいっぱい。神様はひとりの人生に一体いくつの宿題を課すのだろうと思うこともあるかもしれないが、その山を越えればまた次の世界に進めるのだから、立ち止まるのはよそう。

相談相手がいて、また人生のお手本がいて、そんな環境で生きていると、少々の苦難には負けていられなくなるのだ。ストレスは新たなパワーを生む。

73

「市場」で見るマーケティングの原点

どこの国・町へ行っても「市場《いちば》」といわれている場所が興味深い。作り手が生活者に自らの生産物を直接提供する場、生活者・買い手との交流の場が「マーケット」である。今、まさに日本では直売所なるものが注目されているが、これとマーケットは同義である。

ドイツ、ボンの教会広場のマーケットでのこと。日暮れが迫っており、より市場は活況を呈《てい》している。今日の分は今日でちゃんと売って気持ち良く帰路に着きたい。そんな思いで店主たちの呼び声も高まる。

「もうおしまいだよ。買って帰らないと損するよ」そんな声が飛び交《か》う。夕暮れ迫る午後七時前、市場はいよいよ閉店時間。「あ、バナナ一本いくら?」「一ユーロだよ」む? 高いか、安いか。ま、いいや。一ユーロを渡す。すると店主は「DANKE」といいながら、バナナをもう一本くれる。閉店間際の出血サービス。マーケットではこんな駆け引きが面白い。やはりモノの売買の基本は対話であることを実感する。おまけのバナナは、食べるのが惜《お》しくてずっと持ち歩き、成田到着前にひとくちいただく。「ボンの市場の味がする」と余韻《よいん》を味わいながら…。

もっと市場に行こう。生産者たちと話をしよう。それは両者にとって良きこと。顔の見えるコミュニケーションがかつての市場を支えていた。それが今、また求められている。

74

自分の原点に改めて立つ

パリにあった移動式観覧車。それを見た瞬間、自分の人生はこうあるべし！　と直感した十二年前。この季節、そこにそれは建っていないが、また年末には姿を現わすのかもしれない。この場所に来るとなぜか身が引き締まる。それはコンコルド広場。フランス革命、自由の象徴の場所でもある。今も空にそびえたつこのオベリスク（クレオパトラの針という意味らしい？）。この先端の先に開ける空を見るだけで、充分すぎるほどまっすぐな気持ちになれる。

ときどき、自分が決断したり、自分にとって記念すべき場所へ足を運んでみる。そこで初心に立ち返り、そして過去を振り返りすぎることなく、次への夢と希望を大きく掲《かか》げてみるのだ。そして、それを忘れそうになるときは、ここに立っていた自分のことを思い出すようにする。

原点を忘れないことは、何年経《た》っても大切なこと。「ぶれない生き方」をするために。

それにしても、秋の空はこれから新たな歴史が始まりそうな…そんなドラマチックな香りがしていいものだ。

75

飽きない生き方探し

コミュニケーションの仕事をしていながら…なんであるが、毎日毎夜、とくに休日に押し寄せる「売らんかな〜」的情報満載のメールマガジンにお腹《なか》一杯になる。また何を見ても「ほら、ここにも楽しい生活」と呼びかけてくる軽妙なインフォメーションたちに「もう、いいですから」と見もせずに飛ばしていく習慣。いちいち面白がるほど暇《ひま》でもなく、またかと思う内容。

「どうでもいい」コトが巷《ちまた》に溢《あふ》れているような気がするのは、こちらの感性がずれてきているせいか。量で勝負の情報の洪水に、スィーツの新商品に、ファッションのトレンドに…飽《あ》きている。人はいつの時代も新しいものを求める習性があるというが、これほど豊かになった生活のなかで、本当にそれでもまだ新しいものが必要なのか。もちろん新しいものはこれからも発明・開発・誕生し続けるであろうが、人はひととおりの経験を積むと結局はシンプルな生活に戻っていくのではないだろうか。ちょっと珍しいもの、目先新しくて飛びついたものには、「飽きる」のである。と、これまでの自分の生き方も振り返り、結局は飽きる消費行動を続けていたことに反省もする。

今、興味があるのは「飽きない暮らし」。良き本を読み、良き音楽を聴き、良き言葉に包まれて、良き人々と語りふれあい、良き仕事をして、本当に美味《おい》しくて好きでカラダに良きものをいただき、静かに良き時間を過ごすこと。そんな暮らしはどうだろう。ただ、自分の場合は、動き回ること自体には飽きることがないようなので、動きながら良き人生を積む…ためのペースづくりをそろそろしたいのかもしれない。人はホンモノでなければ、いつか飽きる。このことを肝《きも》に銘《めい》じて自《みず》らの生き方を再編集してみよう。

76

変化がうれしい、頼もしい

何年か前には、人前で話すことが苦手…であった職人気質《かたぎ》の、とある社長さん。広報力やコミュニケーションの勉強会に何度も参加され、奮闘されていた。言葉少ないのがその方のキャラクターとも思っていた…。当時、セミナー当日の朝「今日、勉強に行ってくるわ」と家族にいって突然出かけ、家族・社員が「は？　どこへ？？」ということだったとあとで聞く。そして次第にその社長さんは、お会いするたびに話す力、プレゼン力を身につけられ、「おかげさまで、自分のいいたいことが自分から話せるようになりました～」と笑って話されるようになった。

その後、いろんな商談会や展示会に出てもしっかりと自社製品をＰＲ、販路を拡大、と同時にそれまで不安定だった商品の供給も安定的になり、ビジネスが軌道に乗ってきた。

ついに先日は全国放映のテレビ番組に出演された！　ということで、それがますます自信につながった。「前から名刺が大切だといわれていましたよね」「塾に出たおかげで、仲間に負けたくない、かといって真似《まね》はしたくない。俺らしく表現するにはどうすれば良いかといつも考えていましたよ」と何年か前の勉強会のときのことを振り返っておられた。

昔お伝えした一言一句をちゃんと忘れずにいてくださるのだ。自分が発する言葉の重さをひしと実感。ああ、関わりをもたせていただくことで、相手の内面に、表現に、変化が見られるというのはなんとうれしいことか。久しぶりにお会いする方たちが、昔しゃべれなかったのに話がうまくなっていたり、自信がついていたり、とにかくその変貌《へんぼう》ぶりを見るのがうれしくて仕方ない。そういった人たちは皆一様に素敵な表情で、見ているだけで気持ちいい。人に変化をもたらす仕事。これからも心をこめて尽くしたい。

77

「今日買わなくていいですよ」

創立五十周年を迎える企業のイベントのお手伝いをさせていただく、その打ち合わせでの会話。五十周年という節目《ふしめ》はその三代目にとって、さまざまな内的な変化があるという。その地域の個人がお客様なのではなく、その家族がお客様だという意識をもつようになる。五十年も商売をさせてもらっていたら、今そこの娘さんがその店を利用していなくても、その先代は利用してくれていた…となると、「あのおうち」は、当店のお客様であるという意識をもてるようになるという。

五十年という長い歴史がなければ、その「目」はもてない。多くの場合は、今日一日の売り上げにとらわれ、いかに、今日一円でも多く買ってもらうかという発想・行動になりがちであるのに、明日の分も買おうとするお客様がおられると、「明日の分は今日買わなくていいですよ。また明日にしたほうがいいですよ」といってしまうそうだ。素晴らしいのひとことに尽きる。

人も企業も年を重ねるということは、こういうことの積み重ねでなくてはならないと思う。自分のためではなく、本当に相手のために存在する。そのことで、周りも自分を存在させてくれることになるのだ。

このような素晴らしい会社の素晴らしき節目のお手伝いができるとは、なんという幸せ者だろうと思えてならない。「素晴らしいお店」を愛する「素晴らしいお客様」にお会いできるのだ。心を尽くして、お手伝いをさせていただきたい。

78

「自分らしい」かどうか

ある若手社長との会話から。

「いろいろ流行《はや》りのツールはあるけれど、結局、うちらしいか、自分らしいかということが大切なんですよね」

その店では、ホームページもブログもツイッターも使わず昔ながらの手作りのチラシ、DMを活用しながら地域の家庭の台所として、また全国には美味《おい》しいものを提供する南蛮味噌《なんばんみそ》の専門店として、きちんと顧客をつかんでいる。

人がやるから、ライバルがやるからという集団意識的な判断ではなく、結局、その方法が自分らしいかどうかということ。自分らしいというのは、仕事をする上でも、生きていく上でとても大切である。

それは社会と協調しつつ、個性をもち、静かな自己主張を秘《ひ》めながら、元気に生きていくこと。アイデンティティをもってすすんでいくことである。いつも、「これが自分の生き方、これが自分である」と確認しながら、すすんでいきたい。

もっといえば、相対的な自分ではなく、絶対的な自分と向かい合うことである。自分らしく生きている人は、清々《すがすが》しく、自信に満ちている。そんな仲間をどんどん増やしていきたい。

79

仕事は「楽しく」がプロの道

面識なく、初めてホームページをごらんいただだいた方より「楽しそうにお仕事されていますね」というメールを頂戴する。出会いの入り口であるホームページではどのように見えていれば良いか。せっかく見ていただく、いわばマイワールドへの誘いであるのだから、苦しいとか辛《つら》そうと見せたいと思う人はいないはず。

とくに、具体的なモノを売るわけでもないこの仕事、夢と元気をお伝えするのが使命なのだから、「楽しそう」に見せることはとても大切だ。

「楽しい」と「楽をする」はちょっと違う。楽しくするには工夫も要《い》る。しかしその工夫を考えるのもまた楽しい。それを見た人の顔が浮かぶからだ。道を歩きながら、さまざまなネタを考え、うきうき、にやにやすることがある。また電車に乗っていて一人妄想《もうそう》しながら、感動の涙がこぼれることもある。想像力を働かせると仕事も人生も楽しくなるのかもしれない。

楽しいことは悪いことではなく、皆そうしたいはずである。これからも夢と元気を与え続けられる工夫を楽しんでいけるよう、心にゆとりをもち続けたい。

80

気持ちを「伝える」そして「伝わる」

　相手が驚くことを仕掛けることも好きであるが、相手からの思いがけぬ行動もうれしいもの。バンコク駐在の友人がこのたび短期帰国していたが滞在中には会えないと思ったため、新潟の新米コシヒカリに彼の好きな焼酎《しょうちゅう》、岐阜の鮎甘露煮《あゆかんろに》…など前触れなしに帰省先の倉敷に送付。それをもって彼はバンコクへ帰国。いやー、喜んでもらえて良かった良かった。「日本の味を忘れないでね～」なんて思っていたら、すでにバンコクへ戻ったたはずのご本人から突然宅配便が届く。日本を離れる直前に荷物を出してくれたのだろうか。一体、どこから？　荷物の封を解くと、そこには私のお気に入りの香りが…。「どうしてこれを好きだとわかったのだろう？」「やられた～」。

　その友人はいつもサプライズの達人である。黙って喜んで終わる人ではない。おもてなしを世界中で行動しまくってきたオトコなのである。私はその贈り物を思わず抱きしめる。「気持ちだけです」…。いつもそんなスタンスでいるが、「気持ち」が伝わるのは、最高の幸せ。「気持ちを伝える」…あまたある数々のコミュニケーションテクニック？　スキル？　よりも、この小さな発想・行動が人の心を動かすのである。

　サプライズがあった日はとても幸せである。

81

しっかりしないと崩れていく

世の中には絶対ということはない、ということを思わせられることが多い昨今、こんな人がこんなことをするはずが。こんな風に情報が流出するとは。まさかの事態が続出しており、しかも周囲がそのことをも客観視しすぎているというか、まさに今流行《はや》りの言い方ではあるが、「ゆるい」感じがしてならない。また国自体がそんな感じに見えるから残念でならない。

このたび、台湾で知り合った旅記者が、「日本は文化の国なんですよ。素晴らしいのですよ」と目を輝かせて話してくれる。台湾で開催していた旅行博。日本ブースがダントツで人気なのである。日本人の文化を理解してくれている人たちがたくさんいる。だから、当の本人である私たちはがんばらねばならないのである。

日本はすでに成熟した大人の国なのである。成長過程の若者国家とは違う。そのことをきちんとしっかりアピールし、自らの存在を内外に知らしめていくことが必要な時期である。今こそしっかりしないと足元から崩《くず》れていくような不安がある。何事にもすべて人ごとのような…そんなことではいけない。もっと熱く、もっと伝えていこう。台湾に来ると日本人で良かったと自信を取り戻せる。これをキープしていかねばならない。

82

「会いたい」と思われ続けること

一回セミナーでお会いしただけの方、それから何年もお会いしていない方…毎日新たな出会いがあるなかで、最初の名刺交換後、ご無沙汰・ご無礼ということも実際には多く、出会った全ての人と交流し続けることができないまま日々を過ごしているが、有志の方のお声がけでいただいた再会の場。時間を経《へ》ても、その方の心の片隅に住まわせていただいていることは本当にありがたい。再会の機会をいただくたびに、胸は熱く、背中はしゃんと…と、そんな気持ちになる。いつもそこにいないけれど、いつも応援している。いつも理解している、共感している。お互いがそんな気持ちだと、パワーも湧《わ》いてくる。

以前作った『想人《おもいびと》』という曲があるが、大好きな皆さんにこの思いをいつもいつも唱《とな》え続けていきたい。わざわざ遠くから、わざわざお出かけいただき、本当にうれしいサプライズなひととき。ああ、生きていて良かった、と思う。これを励みにさらに新たな出会いを重ねたい。

83

話したい、聞いてもらいたい

誰もが、それぞれ心の奥に秘めたる熱き思いをもっていたりする。しかしそれを伝えたり、発する機会もないまま、心曇《くも》らせながら日々の暮らしを過ごしている。ところが、あるとき、聞いてもらえる、話ができる相手が見つかると、熱く熱くしゃべり出す。話し始めたら止まらない。本当は誰かに聞いてほしかった、そんな気持ちが言葉の裏側に見えてくる。人は話しながら自分を確認している。そしてその話に、相手がどう反応するかで、自分を見直してもいる。一時間熱くしゃべりまくって、すっきりして帰られる。

話がしたい人に出会ったときは、その人が何をいいたいのかを一生懸命に聞く。その人がどんな生き方をしてきて、これからどう生きていきたいと模索《もさく》しているのかが見えてくる。人は認められたい。だから必死に話すのである。

創業したい人、独立したいと考えている人のなかには、このように話したい、聞いてもらいたい人がときどきおられる。人は話しながら、聞いてもらいながら、自己確認と整理をされているのである。そんなとき、聞き手としてお役に立てるならばと思う。話すというのは、一種のカタルシス（浄化）であり、心に健康な循環を促《うなが》す大切な行為である。

普段、いっぱい話してますか？

84

「おまけごころ」がうれし、たのし

農家とのおつきあいも年々増え、直接作物を送っていただくことが多い。その荷物が届くのを待つのはとてもうれしい。顔も所在も知る人たちが自ら作られた、彼らの子どものような農産物たちが箱に入って到着。荷を開《あ》けると、キレイな手書きのお手紙が入っていたり、注文したもの以外に、畑でとれたおいもが新聞紙にくるまれて入っていたり、新年のご案内としてお餅《もち》のチラシに稲穂付きのお餅サンプルが添えてあったり…。

さすが心を込めて作物を育てておられる方らしく、心を込めた送り方をされるケースが本当に多いのである。システム的、事務的でないところが大好きだ。

ちょっとした気遣いで相手の心に沁《し》みるもの。「おまけごころ」は大切なサービス精神。マニュアルにはない、そのときの、その人のおもいやりなのである。楽しいおまけごころに触れることができると、なぜか一日が心豊かになる。

この週末もうれしい箱が届いた。生産者の方の想いに触れることができ、収穫の秋を実感させていただき、とても幸せである。

85

人生は「思い出づくり」の旅

ラジオ番組のネタをいつも考えるときに、最近のこともちろん思い出すが、何年も前の感動を心の奥のポケットから探してくる…そんなことが多い。人の幸せとはなんだろう。もちろんお金がたくさんあったらそれはそれでいいだろうが、それよりも、今の自分にいえるのは、素敵な思い出がたくさんあるほうが幸せだということ。万一、「はい！　今日で人生こまで！」となったとしても納得できるし、あるいは、もしも突然にカラダが動かなくなっても、頭と心さえ動いていれば追体験でき、何度も感動することができるはず。そのときには、素材となる肝心の「思い出」自体がなければならない。

メモリーというと、コンピュータ用語では情報の容量のイメージがあるが、人生のメモリーとは素敵な思い出の記憶、質的記憶だと思う。

おかげさまで、今、自分のなかにはたくさんの「ありがとう」が詰まった思い出ポケットがある。そして、毎日それをもっともっと増やそうと思っている。思い出だけが、最後に人生を決めてくれる。いつしかそう信じるようになった。だから、毎日がかけがえのない思い出になるように生きたい。

もちろん、人は忘却していく存在でもあるから、あくまでも自然体でいい。

86

豊かな表情が幸せを生む

とにかくステージものをたくさん観て、コミュニケーション力の勉強。見せる仕事をしている人の演技の影には、並々ならない苦労・訓練のあとが見え隠れする。

観ていて観客が楽しく感じるのは、演者が楽しく見えるように工夫している、演じているからである。単に楽しく演じているだけでは、絶対に楽しくは見えない。

「楽しそうに仕事していますね」といわれたことがあるが、そう見えることはとても良いことと思う反面、ただ単にこちら側が楽しいだけではそうならないと思う一面もある。悲しいときも辛《つら》いときも笑えるのが発信者の務《つと》めである。

演ずる人の表情を見つめる。その人が発する声、動作、そして表情すべてに、その仕事に賭《か》ける思いが詰まっている。その姿を見て人は感動するのだ。

表情…「情が表われる」と書くことに気づく。その人の心のひだが、顔や所作《しょさ》に出るのだ。

自分の表情はどうだろうか？　豊かだろうか？　表情豊かに話せば、表情豊かに歌えば、より心が伝わる。人は決して情報を伝えているのではなく、感情や意志も伝えているのだ。

ブロードウェイのスターは、私の師匠《ししょう》である。豊かな表情が人々を豊かにする。ミュージカルの世界だけでなく、すべての仕事に通じる。

87

自分を知らないで生きている

自分のことをいかに知らないで生きているか、と思うと恥《は》ずかしいような恐ろしいような…。鏡のなかのわが顔を見たときに、この目の前にいる自分の顔と、人様の目に見える自分は、はたして同じなのだろうかと思ってしまう。ましてや後姿《うしろ》などは一生自分で見ることはできない。

さらには、自分の声。話している声、歌っているところの声。話したり歌ったりしているときに自分の耳に入ってくるわが声と、録音されたものとはまったく別物である。はたして私の声を人は心地良く聞けるのだろうか…。と思うと、怖《こわ》くなる瞬間がある。

人間は実は、自分のことは一生わからないようにできているのではないかと思ってしまう。それを、わかったつもりになっていることが何より恐ろしい。自分のことがわからないまま、手探りで生きていくのが人間の一生なのかもしれない。

88

動じず、恐れず、倒れない

毎日生きていると、晴れの日ばかりでなく、ときには強風や大雨の日もある。地震の日もあるかもしれない。そんなとき、その力に負けて自分自身が折れないように気をつけて行動したい。

何かショックなことがあっても、それをそのまま受けとめることができない場合、その風圧で倒れそうになることもあるかもしれないが、そのときはちょっと身をかわして、冷静にその事態を見直してみよう。少しよけてみれば風が弱くなったり、かがんでみれば濡《ぬ》れなかったりするかもしれない。ここぞ！　というときには直球を投げることも必要だ。

世の中にただ流されていくだけの生き方はとても危険。常に何が吹いてきても、この方向であればこれ、あの角度であればこれ！　という柔軟な対応力を身につけたい。

動じず、恐れず、自分自身が倒れてしまわないように。しっかり足元と、目の前の事態をよく見ながら冷静に判断していこう。

いちいち、悩んで足踏みしていてもなんの解決にもならない。大切なことは、生きるのは自分だ！　ということだけだから。

89

素人っぽいプロを目指す

仲間との会話より。

「同じことといっても、この人がいったら納得できるけど、この人がいうと違うと思ってしまう…とかあるよね」

「オノヨーコってそこが凄《すご》い。他の人も同じようなことといっているはずだけど、そうだそうだと聞かせてしまう」

「それは、彼女が素人《しろうと》っぽいというのもあるかも」

以前、妹と話しているときに「お姉ちゃんは政治家には向いてないと思う。オノヨーコみたいに、ピースピース！　っていってるほうが合っているんじゃないかと思うよ」といわれたことがあったことを思い出す。恐れ多すぎるたとえであるが、共感する部分がある。何かの立場に固まらず、すべてを受け入れる、すべてを包み込める、そんな大きさ…そして、大きいのに威圧感がない、心に沁《し》みる、という点、尊敬する。わかりやすい、親しみやすい、敷居《しきい》が低いこと、そしてそのまぐんぐんと人の心をとらえて離さず、ズッキーンと消えないインパクトを与えることができること…これがプロのコミュニケーションだと思っている。

決まった原稿を上から目線で読んでいたり、一方的に語る、専門用語を並べたところで、人はついてこないかも…。素人っぽいというのが実は好きだ。ホンモノはオゴラナイ、エラブラナイ。そうする必要がない…そんな人になりたいと思うのである。

90

一日一字！　でわくわく毎日

　今年新年から始めたこと…人それぞれありそうであるが、私の場合は、昨年からの継続事は抜きにさらなる新たな取り組みとして、毎日一字その日の漢字を決めて、それを念頭におきながら一日暮らしてみる…ということを試みている。

　あるメンタルヘルスの専門家によれば、毎日「今日はこの色」とその日の気分の色を無作為に選びイメージするという手法もあるそうだが、私はまったく自己流であるが、毎日一字にその日の暮らしをこめてみることで、もう少しちゃんと生きることができるかも！　と思った次第。

　たとえば、元旦からの４日間では「節」「満」「着」「整」という文字が浮かんできた。それを毎日朝ノートに書き留《と》める。１週間は無理でも24時間ぐらいはこの一字に対して誠実に向かうことができるだろうという考え。もちろん同じ字がまた登場してもＯＫとする。

　ということで、今年を振り返ったら３６５文字の漢字が並ぶ…というのもちょっと毎日が楽しくなるようでわくわくする。

91

不安の伝染を撲滅しよう

成人式。とある調査で、将来に不安を感じる成人が6割だとか。成人とは、社会人として認められたという大切な節目《ふしめ》である。だから夢を大きく描き、それに向かってさあいくぞ！ということでなければならない。それなのに悲しい結果である。これは大人社会の責任でもある。マイナス要因、足の引っ張り合い、ネガティブ発想…そんな情報を垂《た》れ流すマスコミたち。またそれに左右される大人子ども。経験も少ない若者にすれば、そりゃ、心配や不安になってしまう…かもしれない。

だから仕方ないでは済まされない。新成人たちも、成人になった以上、周りに振り回されず、自《みずか》らがどうしたいのかをしっかり描いて、自分を信じて明るく生きてほしい。不安は誰にでもある。人間という存在自体が、不安な、不安定な存在であることを知れば、今抱える己の不安感は違うと気づくだろう。生きていく以上なんとかせねばと思う反面、生きていること、成人できたことに感謝して、ぜひ自立してほしい。自分らしい素敵な人生を創り上げていってほしい。

大人も、不安不安といわずに、この日本は、この国は、この社会はこんなに素晴らしいのだよ。だからもっと良くなるし、良くしようね〜と…元気が出る、意欲が湧《わ》くメッセージを若者に与えてほしい。もちろん、私もそうする。不安は伝染する。これを断《た》ち切らないと、日本は本当に駄目になる！　違う意味で不安を感じた成人の日であった。

92

「仕事がある」ということに感謝しよう

近所にあるケーキ屋の女将《おかみ》さんとマスターが大好きである。決して今どきのカッコいいケーキ屋でなく、ずっと地道に昔ながらのケーキを丁寧《ていねい》につくり、安い価格でがんばっておられるご夫婦である。時代の波に乗ろうとしないところが尊敬しているところである。そこのケーキの控えめな甘さの美味《おい》しさは、私のなかでは、その姿勢と仕事ぶりを含め世界で三本の指に入る。

そこに寄ると、「お忙しいですか」「でも、忙しいというのは本当にありがたいことですよね」「がんばらないといけないですよね。ほんとほんと」という会話になる。素朴な言葉なのに、本当にそうだな～としみじみ思えてくるのである。今日起きたらあれもこれも、今週はあれもこれも、今月はあれもこれも、今年はあれもこれも…という具合に頭のなかがいっぱいの日々であるが、それが幸せなのである。ビジネスだけでなく、「仕事」（＝やること）がたくさんあることがとてもいい。

それから、実は決してそれは「忙しく」はない。一つひとつ楽しみながら、考え表現したり、交渉しているから。「仕事を与えられている」ことではなく、「仕事を見つけられる」ことに感謝したい。あのご夫婦ががんばって作っておられる、心のこもった美味しいケーキを手にしたら、なんだかわくわくして、それからの仕事もはかどった。がんばる人と関わると、不思議なことに身も心もいいこと尽くめになる。

93

経営者の言葉は重い

どんな企業でありたいか、あるべきか、そのため社員に何を期待するのか…。年頭の挨拶が多い時節柄、社長の言葉たちがとても気になる。どこまでいっても、社員にネガティブなことをいってはいけない。責任をもった仕事を求めるのは、もちろん良いと思うが、自分のなかで留《とど》めておけばよい言葉を社員にぶつけてはいけない。社員は結局は社長の背中を見て、やる気を出すことができるのだ。

言葉は重く、言葉は時として勇気にもなれば刃物にもなる。

だからトップが発するのは、もっとも効果をあげられる「一言」にしなければならない。恐怖や不安をあおるだけでは、人はついていかない。社長と社員が背負うものは最初から違っているのだから。経営者には言葉を選ぶ能力が不可欠だと思う。

94

これからは「攻める総務」に！

経営・広報・マーケティングでなく、経理・総務担当部門の方々への研修。これまでに経験のないケースの依頼。ヒト・モノ・カネのなかのヒト・カネを預かる企業の屋台骨《やたいぼね》。ここがしっかりしていないと経営不能になる。総務や経理がしっかりしていることが企業存続の大前提である。

この縁の下の力持ち、この力持ちが本当の「力持ち」であるには、計算力や事務作業能力はもちろんであるが、それと同じぐらいマーケティング発想・視点やそれを踏まえた「コミュニケーション力」が重要であることを伝えたいと思った。それをいうために、人生と仕事について、楽しみながら仕事を創ることの意義、顧客視点の大切さ、感動づくりを楽しむこと…などについてあれこれ話をさせていただいた。

何年か前、大手企業で宣伝部長から総務部長に異動された知り合いが「今尾さん、これからは攻める総務にならんといけないんや！」と意気盛んにおっしゃっていたその言葉を今も思い出す。経理・総務部門の方は営業ではないから研修時もさぞかし内向的？　と思っていたら大間違い。皆さん、社交的であり積極的である。とくに飲ミニケーションが始まると、営業以上に営業、広報以上に広報を実践されている総務・経理マンがいかに多いことか。いろんな意味で一安心。

コミュニケーションクリエイターは、企業の総務・経理マンも応援します！

95

一生懸命の笑顔

プレゼンや講演には、話す内容はもちろん大切であるが、その内容を理解してもらうために、プレゼンテクニックも必須である。一般にパワーポイントを使うのがいつの間にかビジネス界の常識になってきたが、これはあくまでもツールであり、主役はプレゼンするその人自身。そこの磨《みが》き方が実はもっとも大切である。どんな服装で髪型で、挨拶で、声色《こわいろ》で話を進めていくのか、またその声のメリハリ、間の取り方、相手との距離感、キャッチボールの仕方…。他の方の講演やプレゼンはすべて自分の鏡である。

ああ、自分はここがまずいかも、ああこうきたか…と、講演やプレゼンはいろんな意味で教材となる。その人をずっと観察しながら、自分を見つめている。人の心に残るのは、前述の要素全てであるが、とくに心に刺さるのは、情熱をもって語っているか。そして腰は低く、視点は鋭く、かつ「笑顔」であるか…という点。感動を与える仕事は、慣《な》れすぎてしまってはいけない。作りすぎてもいけない。そうならないために、毎日自分磨きを続けなければ…。

96

「手力」を交換

一対一のコミュニケーション。会ってビール片手にいっぱい話して…そして別れの挨拶。そのときには、ときどきしか会えない人、次も会いたいと決めた人や、心許した人たちとタイミングを逸《いっ》しない限り、握手《あくしゅ》をするように努めている。握手をすると、その人の心の目と、これまでの人生の軌跡《きせき》が少しわかるような気がする。

昨夜、握手をしたギタリストの手は、これまで握手をしたどの男性よりもひび割れていたような、そんなざらつきがあった。弦《げん》をいつも触《さわ》っているせいだろう。ＮＹの寒さのせいもあるだろう。手は正直だ。嘘《うそ》がない。苦労をした分だけその表情に表われる。だから、「心の目」である。

昔は男性でもつるつるでしなやかなキレイな手が良いと思っていたが、最近はそうとも限らない。年輪《ねんりん》が見える、生きざまが伝わる手が好きだ。職人さんの手も好きである。家事をいっぱいしてきた女性の手も好きだ。握手することは、それぞれの「手力」の交換である。

97

あなたのことを心配できる幸せ

良き友人、仲間に恵まれて本当にありがたい人生だと毎日思う。

つい最近、「身体だけでなく、心も大事にしてくださいね。あなたのことを心配できるという身分であることがとてもうれしいのです」というメッセージをいただいた。

おお、こんな風に大切に思われているとは、自分はなんという幸せ者であろうかと胸が熱くなった。毎日生きていればいろんなことがあるけれど、自分を理解していただき、純粋に応援していただいたり、見守ってくださる方が存在するということがなんと大きな生きる力になっていることか。勝手に応援団と名乗ってくださる方、追っかけと称して出張の計画まで調整して会いに来てくださる方たち、自分のために貴重な時間を与えてくださる方たち、「今度いつ来る?」「今度いつ会えますか?」「LOVE!」。自分が今こうやって生きていられるのは、まさにこのような純粋な気持ちのおかげである。それだけである。

「あなたのことを心配できることが幸せです」

これは、まもなくやってくるバレンタインにも使える、最高の殺し文句では?

98

Difference!

「これ、いいわね。他と違うわ！」

アメリカへ行ったりすると、そんな風に自分の持ち物やファッションを評されることがある。「Difference！」この言葉は個人の選択や生き方を大切にしているようでとても気に入っている。

子どもの頃、親たちからは「十人の人がいたら、九人の人がすることをしなさい」と教えられ、正直この言葉は自分のなかで生涯の反面教師となった。「どうして？　皆違う人間なのに、十人中九人なの？　十人中一人のほうになりたい」と小学生の頃から思っていた。

この集団・帰属意識は、日本人ならではのものであったのであろう。コミュニケーションの手段が変わった現在も、日本では基本的に変わっていないような気もして、ときどき自分が単なる変わり者？　のような気になることもある。

だから、外に出て「Difference！」といわれると、とてもうれしく、小さな誇《ほこ》りに思ったりするのである。そんなことぐらいでうれしいかといわれそうだが、これで良かったと思える瞬間なのである。

人が人と違うところを個性として尊重し、その違いが互いを高められるきっかけになるように、相手と常に接していきたい。大切なのは前例ではなく、どうその個性を活かして貢献できるか…であると思う。

99

夢はいつでも、いつまでも

最近、憧《あこが》れる職業がある。それは指揮者である。

とある関西弁の世界的指揮者の演奏者への働きかけぶりを見て、またオーケストラを指揮棒1本で操《あやつ》るその見えない技《わざ》を見て、自分にもできないかなと思うようになった。

もちろん、指揮者になるための修業というのは並大抵のものではなく、全楽器の奏法もわかり、スコア譜も読めなければならないのだ。ピアノ譜ぐらい読めても全然駄目である。ああ、でも、自分では何も音を出さないのに、全員を美しいハーモニーで纏《まと》め上げていくというコンダクターという仕事は素敵すぎる。

家人との会話。

「ちょっと、指揮者に向いてないかなぁ」「向いてるンじゃない？　コミュニケーションの仕事だから」「やっぱ、そうか。じゃ、なるわ」「やめとき、もう少なくとも十年遅いわ」と制されたが、ちょっとその気になりつつ…。コミュニケーションクリエイターとコンダクターてどこかやっぱり共通している。無理とも言い切れないかも…。この葛藤《かっとう》を楽しんでいる。夢をもてるのは、面白く楽しい。身近な夢から宇宙レベルの夢まで…。恐れず描いて、できるところから向かっていこう。憧れもずっともち続けよう。

人は新たな夢をもつと、新たな活力に満たされる。毎日、違う夢を見ても良いと思う。

100

「やっぱ、この仕事が好き」

もちろん、仕事は人生そのものであるから、そうそう楽なことばかりではない。いいこともしんどいことも、山あり谷あり。だからこそ人生なのであるが、自分が選んだ仕事を心から喜べる瞬間はとても貴重である。

たとえば、連日の研修業務。違う相手に違う内容をお伝えする。ハイテンションを長くキープし続けるのはパワーを要する。そんななか、いつも願うのは、自分と出会う前と、出会ったあとで、相手にいい変化がありますようにということ。その人の表情や言動が何か変わったり、その場の空気が活気づいていれば、まずは成功。そして感謝していただいたり、「また来てほしい」と温かいおもてなしを受けると、ああ、この仕事をしていて良かったとそれまでの準備や緊張の苦は大きな喜びに変わる。

人に喜んでいただけて、相手に何かしら「プラスの化学反応」が起きることがこの上なくうれしい。「やっぱり、この仕事はいいな〜。やっていて良かったな〜」と、疲れ果てて新幹線に乗り込むことも、なんともいえず心地良い。

そして東京へ戻ると、「今日の出会いを忘れず、必ず活かしていきます」とメールが入っている。それでさらに喜び倍増。ああ、ちょっとは社会の役に立っているかな。そう実感できるときに、自分の仕事が好きで誇《ほこ》りをもてるのだと思う。

101

良識ある報道・発信

　ある意味においてマスコミニュケーションの時代は終わったと思っている。一億総発信が可能なこの世の中、これまでの「送り手」と「受け手」の関係は全く変わってきている。従来のマスコミ関係者は、すでにある「装置としての媒体」を今も維持しなければならないが故《ゆえ》に、それらしい雰囲気でメッセージを発信しているかのようであるが、実際は正直お粗末《そまつ》なことが多すぎるように感じる。このままじゃ、賢明なるスポンサーはつかなくなるのでは。単なる時間つぶし（視《み》る側も暇《ひま》つぶし）、素人《しろうと》集団の自己満足…プロを感じさせるメッセージは本当に少なくなった。

　三十年前の近所の家でテレビを見せてもらったときのワクワク感動はなくなった。ネタ・ニュースになればなんでもやるという垂《た》れ流しの姿勢が見え隠れする。それに加えて報道関係者の行動や姿勢についてハラハラすることも少なくない。

　たとえば、ニュージーランドの地震。被災者の方々・ご家族には心よりお見舞いを申し上げたい。遠い国でのこの災害をいち早く知らせるのはもちろんマスコミの仕事であるが、新潟の地震の際、「取材に来たマスコミの態度には呆《あき》れた」と現地の方がいわれていたことをふと思い出した。住むところもなくなった現地で、マスコミの人たちはちゃんと宿泊施設に泊まって、夜は酒盛りをしていたとか？　聞くと、憤《いきどお》りを感じる。今回、そんなことにはなっていないことを切に願う。マスコミに携わる人は、社会を代表した発信者としての誇りをもっていなければならない。それは原稿とか映像とかアウトプットではなく、その人自身の行動、そして人間としての資質も問われなければならないはずだ。良識…この言葉が消えそうな現在の日本社会。このままではいけない。ミニコミで自分ができることを実行していきたい。

102

良性の「媒体」に

かつて広告・宣伝の「媒体」として、テレビ・新聞・雑誌・ラジオが4大メディアといわれてきた。媒体とは「発信者」のメッセージを受信者に届ける際、両者に「介在するモノ」、両者を結ぶ存在。その媒体のおかげでメッセージはより確かに届けられ、そしてそのことで、その媒体の社会的存在意義があったはずである。

メディアは時代とともに変化する。それに近年もっとも大きな影響を与えているのはインターネットという情報インフラ。ここにおいては、モノをいいたい人が媒体となる。本来、媒体とは中立であり、客観的である分、受け手にも説得力があるはずであるが、この媒体が主観的になりつつある今日。それでも人々はこの主観的媒体に左右され、情報を取捨選択している。

すべての人間が「送り手」になることができる今、その送り手は送り手であることを、もっと意識する必要があると思う。自分が発信することの社会的な責任や影響について…。単にいいたいから、思ったから、いわないと気がすまない、といった、単なる欲求や私見での発信も「媒体」になってしまうのだ。

結局、社会においては一人ひとりが何かの、誰かの「媒体」である。その存在の重さを意識して、言動すべき…。どうせならば、人が幸せになったり、元気になり、いい化学反応を引き起こす「良性の媒体」になりたいと思う。

103

先に動き始めた者が勝つ！

日本贔屓《びいき》の上海在住の金融ビジネスマンが、日本の情報をきちんと中国に伝えたいとの思いで、新しい情報コンテンツサービスを開始した。中国人の富裕層（と一口にいっても実は中国『大陸』の場合はピンきりだそう）に向けて日本の観光情報をモバイルで提供する。彼と話していると、人生観や仕事観がとても共感でき、やはりこうして個別に会っていくと国境を越えていい友に巡《めぐ》り合うことができるものだと改めて思う。

マスメディアから伝わる、抽象的な中国人、一般的な日本人とは、本当にどこまで実態と合っているかはわからないものだ。彼は、中国を相手にビジネスをしたい場合、とにかくタイミング・スピードが大切、そして人が始めるより一足先に、完全型でなくて良いから、走り始めることが勝つ秘訣《ひけつ》だという。

目まぐるしく変化していく中国において、完全なるしくみやサービスが出来上がってから導入しようとしても、そのときにはすでに陳腐《ちんぷか》化している可能性もある。大きなプロジェクトよりも小さなチームでまずはスタートし、マーケティングしながら自分たちが目指すものを創っていくことが何よりも今の中国に合っている。しかし、それは一人相撲ではできない。良きパートナーがいなければ成立しない。

日本人は慎重かつ完全を求める。しかし、そのやり方では今の中国をはじめとしたアジアの新リーダーたちのスピードには間に合わないのだ。じっとしていたり、人のアゲアシばかりとっている暇はない。行こうと思ったら、すぐ走る。小さく始めればリスクも少ないのだから。恐れることはない。なんとも小気味良いこのコスモポリタン（国際人）との出会いは、久しぶりにうれしい中国との出会いでもあった。

104

大好きな人たちのおかげで

一日一日、今日は誰に会い、誰と話したのか。振り返ってみると、何気《なにげ》ない一言や、笑顔でずいぶん励まされていたり、教えられたりすることが多く、そのおかげで、今、自分自身がこうして立っていられるということも。普段忘れがちであるが、本当に多くの心ある方たちが自分を見守ってくださっているということを思い、感謝の気持ちでいっぱいになる。

いずれの関係も一回二回の交流でなく、何度も何度も言葉を交《か》わすことで、その人が自分のなかでかけがえのない存在になっていくということが多い。人間関係はすでにあるのではなく、育てていくものである。

大好きとは、損得なし、掛《か》け値《ね》なしで、純粋にその人を愛《いと》おしいと思える状態。人に愛されてるということは、生きていく自信になる。何気ないこと、さりげないことで、「ああ、幸せだ」と思えることが一番大切。そう思わせてくれるのが大好きな人たちである。

今日も穏やかで大好きな人たちとかけがえのない一日になりますように。月曜の朝はなんともピュアになるものだ。

105

「この年にして初挑戦！」が面白い

生まれて初めての体験…人それぞれ違うけれど、私にとって最近の初体験はレコーディングである。今回、そのためにはるばる札幌へ。あの坂本龍一も先日使用したらしいそのスタジオには、（教授はマイピアノを持ち込まれたそうでご利用にならなかったが）なんと憧《あこが》れのスタインウェイのピアノがある。生まれて初めてこのピアノ（どうやらNY製ではなくハンブルク製であるらしい）に向かい、わがオリジナル曲を弾《ひ》き綴《つづ》り、歌いまくる。

一発でOKということは神業《かみわざ》でもなければなかなか難しいが、自分の納得いく作品を創り上げるということの楽しさと、スタジオ内の緊張感はなんともいえない。またレコーディングでは複数楽器の場合、あらかじめ別録《ど》りをし、あとで合わせるのが良いそうであるが、自分の弾き歌いはピアノと声がひとつの楽器になっているので、分けて録りづらく、「まさに弾き歌い」を録る。となると完璧《かんぺき》な演奏ができるまで何度も録りつづけることになる。それがすべて完璧、100点満点の演奏にはなかなかならないのだ。なんとかうまくやろうと意識しすぎるとかえって躓《つまづ》いてしまう、集中しようとするとふと頭に違うことがよぎる瞬間もあり、がんばりすぎると声が枯《か》れ…そんな自分との格闘が今回のレコーディング。

創り上げた世界というよりは、ライブ録音に近い出来栄えになった感があるが、それが自分の味なのかもしれない。それにしても、スタインウェイはなんと甘美で上品な音を出してくれるのだろう。この名器と共演できたことだけでも今回は最高の経験。とにかくいくつになっても、初体験をするのが良い。恥《はじ》をかこうが、汗をかこうが自分の財産になる。

ああ、それにしても、完璧なレコーディングとはなかなか難しい。しかしちょっと病《や》みつきになりそうである。

106

力を合わせる「和」の心が日本を再生

何かできることはないか。なんでもいい、自分ができること。小さすぎて恥《は》ずかしいことであるが、安否《あんぴ》のわからない家族を抱える人の心中を察するに何かできないものか…と、近所のお茶屋で仕入れた「ほうじ茶」を差し入れに送ってみたりする。少しでも不安に思う気持ちを和《やわ》らげることができないかとの思い。そのお茶が届く前に、「両親、元気だったよ」という報告が入り、一緒に電話口で泣いた。「良かった良かった」と心で抱き合う。そのお茶は「良かった良かった」の一服になればなおいいのだ。

世界の友たちが、このたびの震災に対し安否を気遣うメールや国際電話をくれる。「今日はメールじゃなく、声を聞きたかったから」という台湾からの電話。うれしい、ありがたい。こうして日本中が今、世界から元気をいただいているように思う。

こんな悲惨《ひさん》な状況にあっても、助け合ってがんばっている日本人の姿に感銘を受ける。とある人が新聞にも書いていたが、日本人の良きところは、この助け合いの精神、「和」の心なのである。これを教訓として、日本はひとつになって、強い国にならねばならないし、なれるはずだ。

自分が今できることをそれぞれが一生懸命やればいい。被災地でがんばって生き抜いて行こうとされている人たちにそのパワーが沁《し》みていくように。

「がんばれニッポン！」ボストンの友からあったメールの末尾の言葉をここに借りて…。

107

肩書きを自分で考える

最近、会社を退職された（主に若い）人たちから、いろんな相談を受けることが多い。前向きにこれから何かをやっていきたいという人の場合には、「自分の名刺をもってはどうですか？」とお伝えするようにしている。また先日はすでに名刺を作成しておられた方がおられ、意図してであろうが「無職」と肩書きをつけておられたので、「無職の名刺よりも、何か自分を表現する肩書きに換えたほうがいいのでは」とお伝えした。

私は独立したとき、代表とか代表取締役ではない表現のほうが自分には合うと思い、今も名実ともに？　そういった表現をとらないで、「コミュニケーションクリエイター」という職業名をつけるようにしている。組織で働く以上は、社長や部長という肩書きはもちろん重要となるが、自営業で自分で仕事を創っていく場合、とくに見えないものを形にする仕事、クリエイティブな仕事をしている方の場合こそ、「何をしているのか？」「何をしようとしているのか？」が伝わり、印象に残るショルダーネーム（肩書き）があればと思う。

もちろん、「今尾昌子です」とさえいえば、誰にでも通じる存在であれば凄《すご》いし、もっといえば名刺などなくても理解される人間になれば…というのは夢の夢で、そんな人は世の中にあまりいない。ということで、通常はまず名刺がコミュニケーションの必需品。限られた小さな紙面の世界で最大効果の出る自己アピールができる貴重な1枚が名刺である。

なぜか、そんなアドバイスも最近増えている。何か社会が動き出している予感も…。がんばって日本の若者たち！

108

「空元気」出していこう！

野村正樹さんからの（今から思えば）最後の手紙が出てきた。闘病の様子を綴《つづ》りながら、人生を楽しんでいるよ、心配するな、という気持ちが文面からにじみ出てくる。生前これに目を通しながら、「作家らしい闘病生活」だと、自らを客観的に冷静に書いているその姿勢に感動していたことは、以前ブログでも書いた記憶があるが、亡くなってから今一度、その手紙を読み返すと、改めて深いキーワードが見えてくる。手紙の結びに、あせらず、ゆっくり…の言葉に続き、最後に「空元気で…」という言葉が添《そ》えられていた。その言葉は以前は気がつかなかった。野村さんが旅立たれた今、その「空元気」という言葉がずしんと胸の奥に鳴り響いている。

今、日本中が「がんばろう！」「がんばって」「元気を出して！」と毎日、励まし合っている。でも、本当に辛《つら》いとき、しんどいときはがんばることも、元気を出すことも難しい。でも、「空元気」は出せるよ、と野村さんはいいたかったのか…。

「お元気？」と尋ねられ、「いえ、病《や》んでます」というよりも「はい、空元気です」というほうが相手に負担をかけずに、しかもどことなくユーモラスなやさしさも感じる。

人間、しんどいときもある。そのときは「空元気」出していこう！　と、空に向かって野村さんにいう。彼が遺《のこ》した数々の名言に感謝して。

109

目指せ「脱・日本人」「新・日本人」

このたびの震災を巡《めぐ》り、世界中が日本という国を熱く見守っている。賢明で忍耐力ある国民性を評価される一方、なぜもっと国民は国に対して訴えないのか、伝えないのか？　そこに対してもじっと耐え、黙っているのかと疑問に思われている面もある。

さらには政府の海外広報に対する取り組みの遅さ・拙《まず》さ。きちんとした情報を世界に迅速に発信することにより、海外の日本に対する不安感はもっと軽減できたはず。もちろん国内でこんな危機的な状態にあって、外のことまで気が回らないかもしれないが、今に始まったこととしてではなく、どんなときにも世界にきちんと迅速に発信する体勢をもつことで日本という国、日本という商品の価値はもっと外にアピールでき、今回のようなときにも周りを安心させ、パニックを防ぐことができる。

一方、政府だけでなくビジネス面に対し、上海在住の友人は語る。「今回の震災後の日本人はこれをきっかけに強くならなければならないが、そのポイントは～匠《たくみ》～の社会で生きることにとどまらず、～商人～になれるかどうかだ。たとえば有名なブランドの商品が実は日本で作られている…ではなく、その有名なブランド自体にならなければならない」というのだ。それには伝える能力・付加価値を高める能力が必要。ここでもコミュニケーション力が問題になる。今こそ日本のいいところ、強いところを外にアピールできる力を急速に身につけなければいけない。その友いわく、日本人は「脱・日本人」「新・日本人」にならなきゃ世界で生き残れない。今がそのチャンスだという。まったく共感する。

環境が変わるのだから、自らの生き方や進む方向性も変わって当然。

110

「心の目が覚める」生き方

ある人と会話をしていて「これで目が覚《め》めました」といわれ、「じゃ、今まで?」とお互いに笑い合うという一幕があった。なんとなく毎日生きている状態、のほほんとしている状態では、本当の意味でWAKE UPしていないかもしれない。気づかなかったことに気づかせてもらう、そこに意識が向く…その瞬間、人は心の目を覚ます。

今回の震災というあってほしくない現実を前に、目を覚ました人は多いはず。大変な状態の方がいらっしゃるのだから、自分はこのままではいけないな、何かしなくてはと改めて思った人も多いはず。

平和すぎると人は心地良く生きることに慣《な》れてしまい、厳しさや本質を忘れがちである。だから強烈な刺激はときとして必要である。ときとして、アラーム時計の役割になる事象や役割も必要。そういう意味で、平和ボケという眠りから改めて目を覚まし、起き上がる時代にきたといえる。できれば、毎日心も身体もすっきり目覚め続けて、自分が目指す人生のひとコマを生き抜きたい。

111

ブランド、ブランドというけれど

企業さんの相談で、「ブランディングについて」というテーマがときにある。ブランドとはそのモノ・企業・人に対する刻印、「確かにそれは他の何者でもなく、それである」という証《あか》しである。高級品になるとか、値段を上げるということではない。何をしているかがぶれることなく、創業の思いが脈々と受け継《つ》がれ、一筋にいい仕事をしていくことで、それは信頼となり、その結果ブランドとなるのである。

ブランドとは、自分が何者で、誰に向けて何をしてという「仕事」の明確さであるとも思う。一本筋が通っているから、人々はそのモノに憧《あこが》れ、たとえ高いお金を払っても買いたいと思うようになるのである。アイデンティティ（独自性）がちゃんとあることが前提であり、相対的でなく絶対的であることが不可欠であると思う。

きちんとつくり、伝え続けることがブランドの必須条件であったはずであるが、今は大量広告によるイメージ戦略でラグジュアリー（ぜいたく）な世界観を醸成《じょうせい》し、そこにブランド価値があるかのような見え方になっているが、コトの本質を見極めることを忘れてはいけない。ブランドかどうかは、その仕事の結果、相手が決めることである。

112

名器を目指し、わが器を磨く

人は「ＴＵＢＥ」であるという話をしたことがある。いわゆる袋。入れては出してを繰り返す袋である。その一方で、「器」という見え方もある。袋というと破れそうであるが、形が伸縮自在なイメージ。器といえば、形がしっかりしていて、大切にしないと割れる、壊《こわ》れるが、いい器であれば時間とともにその価値を増す…そんなイメージだろうか。

さて、「もっと器の大きい人間に」と昔から先輩諸氏が後輩に伝え続けてきた耳慣れたこの言葉。器が大きいとはなんなのだろう。あらゆるものを入れることができる人が器が大きいのか、何が入っても気にしない、気に留《と》めないのが器の大きさか…。最近は入れるものも選び、出し方も熟考し、良質なもの・コトだけをＩＮ・ＯＵＴしつつ、人間としての魅力を増していける人こそが「器の大きい人」かと思うようになってきた。

あるいは器は大きいだけが魅力ではない。小さくても美しい器も良いし、見た目は今いちでも使い勝手のよい器だって在る。

大切なことは、人とは多種多様な情報や記憶すべてを飲み込み生きる器なる存在であるのだから、どうせ生きていくのならば、自分の器観ももっていたいと思うのである。もちろん、焼き方にこだわるのも良いのかもしれない。

いずれにせよ、世界にひとつの名器になれることを目指し、自らを磨《みが》き続けたい。

113

自家発電できる人になる

日常業務の合間、派手な装《よそお》いに着替え、定例のボランティア演奏に出かける。出かける前はいつも時間に追われて、練習も皆無で何をやるかは電車のなかで考える。会場に行って、患者様たちが待っている空間に導かれると、瞬時に本番モードに切り替われるのが自分でも不思議だ。一時間弱の演奏とトークを心を込めて行なう。あちこちで鼻をすする音、一緒に突然大声で歌いだす人、車椅子を急に動かす人…いろんな化学変化にも慣《な》れてきた。集中して私のことを見聞きしている人がいるという空気はなんともいいものだ。演奏が無事終わる。鳴り止まない拍手をいただく。するといろんな患者様がそばに来てくださる。「最近、先立った主人を思い出して、涙が止まらなかった」と泣きはらした顔でお話しされ、ご主人や息子さんのことを教えてくださる。

あるおじいさまは「明日、退院です。今日お会いできて本当に良かった」とうれしそう。確かにもう三回か四回はお会いしている常連さん。退院だから完治したというわけでもないから、なんといって良いのか…。握手して「お元気で、またどこかでいつかお会いしましょう」と声をかける。すると後《うし》ろのほうで、しわくちゃ顔の（といったら失礼だけれど本当にそうだから）あるおばあさんが「ありがとう、ありがとう」といってくださっているので近くへ行くと泣きながら「私はもうすぐ百歳になります。こんな年寄りにこんなに一生懸命な姿を見せてくれて、本当に本当にありがとう。長生きして良かった、良かった」といわれ、こちらももらい泣き。私は日々の活動から自《みずか》らエネルギーを生み出すきっかけをいただいているように思う。もちろん一人の力ではない。周囲のおかげによる。自家発電できる人を目指す。それがいい。だからボランティアもラジオもそれ以外もどんどんやる。

114

おいおいとひとり泣き

うれし泣きというのはめったにない。というかこれまであまり記憶がない。震災前日にレコーディングを終えたCDがようやく完成し、大量に荷物が届いた。ダンボールを恐る恐る開封し、1枚のCDを取り出し、自分の考えたとおりに、イメージしていたとおりになっているかを確認する。恐る恐るケースを開けてみる。リーフレットに目を通す。最後は肝心《かんじん》な音の確認。2曲目あたりでなぜか知らないが涙が出て出て、声を出してひとり泣いた。何かわからないけれど、それぞれの曲を作ったときの背景やら、レコーディング前の練習皆無の日々やら、それでも飛行機に乗って札幌へ行って、スタインウェイに導かれて演奏していたあの張り詰めた時間やら、そして震災。この長い約一ヵ月の間のこと、注文してくださった皆さんの顔、顔、顔…。すべてが同時に浮かんできたのかとにかく感極まった。

念願の、待望の、切望の、期待の…なんでもいいが、とにかくこうして形になったのだ。聴いていけば反省しきり。ああすれば良かった、こうすれば良かったと次々出てくるが、これはこれでいいのだ。次へ行けば良いのだ。涙が乾いたところで、ご予約いただいた方々への発送態勢に入る。できた以上は早く届けなければ。いろんな顔が浮かぶ。どうかどうか、無事皆様の手に届きますように。そして気に入っていただける何かがひとつでもあれば、もうそれで充分。

115

通勤時の役に立つ

一斉にお送りしたCDのなかには、被災地へのお見舞い用にとお送りしたものもある。ご予約いただいていた方に、せめてものお見舞いである。

「CD届いたよ〜。家内と全曲聴いたよ〜。マーサの歌が体中に染入《しみい》ったよ〜。今日は会社に来るときも車のなかで聴きました。帰りも聴こうと思っています。聴くたびにいいな〜って思います。人は、それぞれ様々な想いを持って生きてますが、東日本大震災で、人生が変わった人が沢山いると思います。そんな人々の〝想い〟を大切にしながら、〝優しくも強い〟人になっていきたいと思っています。元気を贈っていただいてありがとう〜」

というメールが届く。大船渡で復興に奮闘されている知り合いからである。ああ、こうして通勤時にお役に立つというのもなかなか新鮮である。聴いて「今日もがんばるぞ〜」と思ってもらえるのはとてもうれしい。送って良かったとほっとする。

あるタクシーの運転手さんが、朝と夜の車内BGMを変えていると聞いたことがあったが、私の音楽ははて？　朝向きか？　夜向きか？　ともかく喜んでもらえることがうれしい。

人様の生活のどこかの部分で役立てば良いではないか。こんなささやかな1枚のCDが被災地のお役に立つとはまさか思ってもいなかった。飽《あ》きられないうちに次もがんばらねばと自分にハッパをかける。

116

90歳で感動を与える仕事

以前、ＢＵＮＫＡＭＵＲＡで上映されていたタンゴの映画『マエストロたちの伝説』。アルゼンチンタンゴの映画というだけで劇場に足を運んだのが記憶に新しい。かつてタンゴミュージシャンとして一世を風靡《ふうび》した演奏家たちが何十年ぶりかに結集し、かのコロン劇場で久しぶりに演奏会を開催するというもの。見た目は年老いた演奏家たちが、ステージに立つと瞬間にシャキっとなって聴衆を感動の渦《うず》に巻いた…。

その映画でブエノスアイレスへの思いを新たにすると同時に、人生とは、音楽とは…と考えるに余りに深くて最初から終わりまで涙涙…。そのＣＤをｉｐｏｄに入れて、持ち歩きしみじみ遠い町を思い出していた…。そして今回再び、地球の裏側のブエノスのタンゲリアに向かい、一年ぶりのアルゼンチンタンゴに耳を傾けた…ところ、ステージの脇から老女が若いダンサーに手を引かれ、登場した。え？　あの人はその映画に出ていた歌手。映画で観たとき、まだ生きているのかな～と思いつつも、まさかわが人生で実際にホンモノにお会いできるとは夢にも思っていなかった。

その歌手の名はベルヘニア・ルーケ（ＶＩＲＧＩＮＩＡ　ＬＵＱＵＥ）。彼女は手を引かれてステージに上った瞬間、その手をほどき、すっと背筋が伸び、映画で観たとおりの、いやそれ以上のオーラ・パワーを放ち、太い声でタンゴを歌い始めた。腰は先ほどまで曲がっていたのに今はピンとしている。不思議である。同じ人物と思えない。驚きと感動の渦のなかで私はエイジングと仕事、人生について考えていた…。雲の上の存在に突然会えた最高のプレゼントに、ハンカチがじっとり濡《ぬ》れるほど泣いた。三十時間かけて、またもや素晴らしい経験をいただいた。どうかまた必ずあの姿をこの目で見られるように…。

117

やっぱり日本は世界で活躍

なんとブエノスアイレスの地下鉄に丸の内線の車両が使われているという情報を得て、鉄道が大好きだった作家の野村正樹さんの真似《まね》？　をしてか、その確認に出かける。市内の中心街を縦に走るCライン。そこに本当に、わが国東京で活躍していた、丸の内線の赤い車両を見つけた。残念ながらスプレーでの落書きもされ、夜間は一人ではちょっと乗りたくない危険な雰囲気も漂《ただよ》う地下鉄駅・車内ではあるが、こんなところでも日本のモノが実際に使われているということに感激もする。

日本人は最近、とかく新しいものに目がいきがちであるが、長く使われているということがもっと意味があるということを改めて大切にしたいと思う現場である。

どうやってここまであの地下鉄車両が船旅をしてきたかと想像すると、地球の裏側まで無事たどりつき、こちらの人々の生活の役に立っていることに胸がいっぱいになる。

報道されないところで、日本の技術力は世界の役に立っている。そんなことに誇りをもちたい。丸の内線が赤色なので、駅のサインも赤である。大好きなタンゴ歌手の生地跡にできた駅カルロス・ガルデル駅も赤色である。車両とともにカラーイメージも輸出しているのである。

118

何を用いて、自己表現をするか

ブエノスアイレスにあるポカ地区。独特のペインティングカラーの町並みが有名で、観光客にも人気が高い。しかし、治安はちょっと不安？　その危険さと、そこに住む人々の無理したような？　陽気さがなんとも切なくもある。

そこはタンゴ『カミニート』（スペイン語で「小径」）が生まれた場所ともいわれ、確かにタンゴをネタに商売する人がそこら中にいて、また建物の間の小径にもちょっとした土産物を売るような店があり、その裏を古い貨物車が走っていく…野犬もいっぱい…といったカオスの香りが新鮮でもある。そしてさまざまな作品が持ち込まれ、展示され、販売されている。そのテーマは、もちろんこのカラフルな町並みとタンゴ。

そこで見つけたある画家の絵。画商によると、その画家は手足が不自由で、その絵は口で描かれたという。それを聞き、余計この絵の明るさが心に刺さる。２年前、スペインからこのポカ地区を訪ね、描かれた作品だという。

出先で絵を買うことはあまりないが、そのなんともいえない色彩感に心打たれ、じっとそこに立ち止まり、１枚の絵を選んだ。値段は３２００アルゼンチンペソ。日本円にして７０００円ほど。そんなに安くて良いのか。申し訳ないような気持ちで、購入する。

五体満足なわが身よ。おまえは存分に自己表現をしているのか？　この町に来るといつもそんな激しい自己問答に陥《おちい》る。それは自己嫌悪ではなく、もっとやれ、もっとやれという良きプレッシャーである。人は自分の五体をフル活用して生きなければ意味がない。

目先の便利なものに惑《まど》わされるな。モノが豊かでない国が教えてくれることは、実に無限大である。

119

無形のブランドを目指すもよし

たまには欧米・アジアの先進国以外の世界に触《ふ》れると良い。空港以外で、いわゆる日本人が好きな高級有名ブランド品に出会うことがないことに、どこかしら新鮮な空気を感じる。もちろん、私自身そうしたラグジュアリーな世界が嫌いでもなく、非日常な生活観を越えた贅沢《ぜいたく》ワールドの創り方にはいつも感心している。

一方、たとえばブエノスアイレスには、こういった日本人はじめアジア人が好む有名ブランドショップがない。あるのは南米やスペインのブランド。といっても、ロエベではなく私たちには馴染《なじ》みのないB級？　ブランド。有名か無名かも知らない。またショッピングモールで販売されている衣類を見ると、日本人的な厳しい目で見れば、粗悪品に近いものも多い。しかし、この国の人たちはこれで生活している。この土地にはこの土地に支持されるモノがちゃんと存在し、経済活動も成り立っている。生きるとは高級なモノ・高性能なモノだけを追求することでなく、そこそこで満足できるということが大切ではないか。この国にいるとそう思えてくる。ステーキひとつとっても、日本の生産地で丁寧《ていねい》に育てられた牛に比べれば、どこか雑な味わいである。でも、それを食べられることに幸せを感じている…そのことが大切である。日本人はいつのまにか、見た目の質や豊かさを求めすぎた感がある。地球の反対側に来ると、その価値観は一体なんなのか？　を思い知らされる。アルゼンチンブランドといえば、マラドーナであり、タンゴであり…である。人々に勇気と感動を与える文化がブランドになっている事実は、彼らが精神的に高級、いや高尚な気がする。世界の価値観は一律ではないことをもっと知ろう。そうすれば人はもっと幸せになれる。一人ひとりが無形のブランドを目指す世の中がいい。

120

形から入らず、内側から

成田空港を出るとき、荷物を預けていた宅配便窓口でのこと。「これ、粗品です」といって、ステッカーらしきものを渡される。よく見ると「THANK YOU」という文字に、がんばる日本を応援してくれてありがとう…といったメッセージが英語で書かれている。要するにスーツケースやトランクにそのステッカーを貼って海外の街々を歩いて！ ということなのだろう。一種のキャンペーンのつもりかもしれないが、特定できない人に何をありがとうといえるのだろう、と瞬間思ってしまった。世界の皆さんに日本を代表してありがとう？ ということか。申し訳ないが、私は粗品と渡されたシールを貼って日本の代表のような顔をして…というのはどうも苦手。もちろん具体的な相手、内容によりお礼もすれば感謝もする。

そもそも、なぜそのステッカーを「粗品です」といって渡すのだ。渡すなら、その意図をちゃんと説明すべき。「今、海外の人々が日本を応援してくれていますので、海外に出られる皆様にはぜひこれを…」でも、これも強制されるべきことでもないはず。結局、形から入るものは活かされないことが多い。残念ながらそのステッカーを付けている人は見かけなかった。目に見えるものがなくても、日本人であると相手がわかれば、必ず震災のことを気遣い心配される。実際に地球の裏でもそうであった。そのとき、「ご心配ありがとう。日本は大丈夫ですよ。気をつけますね。皆さんも気をつけてくださいね」という会話が交《か》わされればそれで充分だと思う。モチベーションと強制とはちょっと意味が違う。今、日本にはいろんながんばろうキャンペーンの動きがあるが、あくまでも内側から盛り上げられるものでなければ、結果続かないと思うのは私だけだろうか？

121

人との出会いは万華鏡のように

人とのやりとりで、他人同士だけでなく夫婦間ででも、たとえばこんな会話。「あなたはそういう人だから」「きみはこうだから」と、その人の行動の一部をとってその人全体があたかもそうだ…というような言い方をすることはないだろうか。そのことについて少し考えてみる。人は一面ではなく、多面的であるから、一義的に「こういう人」と相手のことをそれほど知らないのに決めつけてはいけない。そういう面だけでなく、違う面もいっぱいもっている。だから何かあっても「そういうところもあるんだな～」というゆるい認識にとどめておき、直接的にその人のことを決めつけた発言はしないほうが良いと最近とくに思うようになった。

人との出会いというのは、万華鏡《まんげきょう》と思えばどうだろうか。くるくる、少しずつ回して、違う柄《がら》が出てくる。違う会話をすれば違う特長、個性が出てくることも多い。また人は時間とともに環境とともに常に変化するのが当たり前。その変化も、大きな目標に向かってぐるぐる変化していく過程であれば、悪いことではない。

さて、このことを自分にも置き換えてみる。自分という人間は万華鏡のように楽しんでいただける存在になりえるか。どこから見ても、回してもキレイな絵柄を提供できる人でありたいではないか。観覧車は外へ。万華鏡は内へ。

122

「悲しみ」の感情に迫るということ

人間に備わった能力のひとつに「喜怒哀楽」の感情をもつことができる…という点が挙げられる。心豊かに生きるには、元気に長生きするには「笑い」は絶対に不可欠。人を笑わせるという仕事についても、とても興味があるが、実はもっと興味があるのは「泣く」という行為。ちょっと面白ければ人は笑うことができるが、とくに日本人の場合、大人の場合、人前でおいそれと泣くことはできないとされている。でも、人々が感動するのは悲しさがこめられた事象に対してである。今回作ったCDには隠しコンセプトがあった。今だからここに書く。それは「泣けるCDになること」ということ。

これを聴いて涙を浮かべてもらえたら、きっとすっきりしたり、温かい気持ちになったり、やさしい気持ちになったり、元気になったり…するのではと思った。ある友人に「なぜ、人は悲しい曲に感動するのかな」と聞いたとき「楽しいとかうれしいことは人それぞれ違うけれど、悲しい感情というのは皆共通しているからでは」といわれて、納得した記憶がある。そう、人は誰しも悲しみを抱きながら生きている。そこに触れることでより生きていることの確かさを実感できるのかもしれない。

何人かの方より「泣きました」「涙流れました」と連絡が来るたびに、心の奥底で「やった!」と思っているどこか可笑《おか》しな自分。「泣けるCD」「泣ける時間」。とてもいいと思う。

123

「生涯上司」をもてる幸せ

わが人生を振り返ったとき、会社員時代のあの濃い時間に、自立したひとりの仕事人・社会人になるようにと、多くの方たちに育てていただいたということに改めて気づく。

会社員を卒業して十二年以上経過した今でも、元上司たちとは定期的に交流を図らせていただき、折に触れ、ありがたいアドバイスや応援をいただいている。

ライブをやるといえば、CDを出すといえば、今度は…といえば、とにかくいつでも何があっても筆頭応援団。忌憚《きたん》のないコトバをかけてもらえるのも、やはり昔からの信頼関係があるから。ある上司は「ずっと皆さんに可愛《かわい》がられるようにがんばってください」と味わいのあるメッセージをくださったり、とても血がつながっていないと思えないような、家族のような関わりをもってくださる。

久しぶりに上司と京都のそば屋で夕食をとりながら、時事放談。相変わらずの鋭い視点に覚醒《かくせい》する。さすがわが上司はいくつになっても頭がキレル。

「いつまでも、こうやってぼけないで話し続けたいです。絶対に元気でいてくださいね」「そうやな。でもぼける瞬間はもうわからないから、いつまでどうかはわかりませんな〜」「自分が自分らしくなくなったら、はよう死にたいですわ」「そうや。昔の職業軍人やスパイは襟《えり》の裏のところに青酸カリを持ち歩いていて、いざというときに死ぬという覚悟があったんや。そんなことを考えることもあるわ」「…そうですね。わかる気がします」「自分が自分でなくなる手前でわかったら、ほんまにいいんやけれど…」「そうですね…」

とわけのわからない会話を交《か》わしながら、心のなかでいつかこんな会話も遠い思い出になるのかな〜と思いながら、そんな自分の思いを打ち消したりしている。

「付録」

グラン・ルーのテーマ　〜人生は観覧車のように〜

作詞　今尾昌子

いつでも心に残ってる
小さな出会い　小さな目覚め
あるとき　気づく　その軌跡を
ひとり振り返り　手を合わせる
いつでも　笑って生きていこうと
ときには涙も流しながら
人生はミルフィーユのように
重ねて　重ねて　綴っていく
さあ　あなたの前にみえるもの
明日になれば　また新た
ひとつひとつひとつ　この出会いを
このきらめきを忘れないで
こんなにカラダにしみこんだ
これまで出会ってきたひとよ
いつか　どこかで　きっと出会う
また出会う、愛する人たちに

愛をささげることの意味は
ようやくわかりはじめたところ
くるくる回る人生のなか
一番大切にしたいこと
どこまでいくの　いつか止まるの
私の人生はグラン・ルー
くるくる回る　観覧車
休まず　くるりと回っていく
さあ　あなたの前に来たるもの
明日になれば　よきメモリー
すべてすべてすべて　この記憶を
消さず光を当てて
いつしかわかる　この歩みを
こうして生きた道のりを
悔いのない　わが人生と
呼べる日が来ることを願い

（著者撮影）

●プロフィール

今尾昌子（いまお・まさこ）。**岐阜県出身。コミュニケーションクリエイター。La Grande Roue**（グラン・ルー）**代表。**

人と人、人と社会を結ぶコミュニケーションの本質にこだわり、真に幸せで心豊かな社会づくりを実践。業界業種規模を問わず、企業や行政へのコミュニケーション力を高める教育活動を行ない、研修や講演も多数。その傍ら、Mahsa（マーサ）のキャラクターネームでノスタルジックミュージシャンとして曲・詞づくりも行ない、各地でのライブや認知病棟などでの演奏活動や、ラジオのパーソナリティ、執筆なども行なう。今春には本書と同タイトルのオリジナルCDも発売。
書いて、話して、創って、歌って、弾けて…のオンリーワンの生き方を貫く。
ホームページ（ブログ）www.mahsa.jp
メールアドレス info@mahsa.jp

人生は観覧車のように

二〇一一年八月二三日　第一刷

著　者　今尾昌子
発行者　山下隆夫
企画・編集　株式会社　ザ・ブック
東京都新宿区若宮町二九　若宮ハウス二〇三
電話（〇三）三二六六―〇二六三

発　行　太陽出版
東京都文京区本郷四―一―一四
TEL（〇三）三八一四―〇四七一
FAX（〇三）三八一四―二三六六

印刷・製本　株式会社　シナノ

ISBN 978-4-88469-719-8